与昨天为邻

邵燕祥 / 著

北京联合出版公司
Beijing United Publishing Co.,Ltd.

图书在版编目（CIP）数据

与昨天为邻 / 邵燕祥著. -- 北京 ： 北京联合出版
公司，2024. 8. --（中国散文60强）. -- ISBN 978-7
-5596-7811-9

Ⅰ．I267

中国国家版本馆CIP数据核字第202402CP95号

与昨天为邻

作　　者：邵燕祥
编　　选：冯秋子
出 品 人：赵红仕
出版监制：张晓冬
责任编辑：管　文
特约编辑：和庚方　张　颖
封面设计：立丰天

北京联合出版公司出版
（北京市西城区德外大街83号楼9层　100088）
三河市同力彩印有限公司印刷　新华书店经销
字数150千字　650毫米×920毫米　1/16　15印张
2024年8月第1版　2024年8月第1次印刷
ISBN 978-7-5596-7811-9
定价：65.00元

中华散文的文脉与发展

——"中国散文 60 强"总序

邱华栋

中国是诗的国度，亦是散文的国度。

穿越千年时空，从明清至唐宋，再由魏晋南北朝至两汉先秦一路回溯，汉语言文学中的散文实乃根深叶茂，硕果累累。无论是"唐宋八大家"之雄文美文，还是骈俪多姿的辞赋，以及名垂史册的《史记》《左传》，均为中国文学史上的璀璨明珠。"散文"与"诗"一道，成为中国文学的"嫡系"。尽管，后来从西方引进嫁接技术所催生的"小说"，大有"喧宾夺主"之势，终究还得"认祖归宗"，血脉和基因是无法改变的。

在中国散文流变历程中，曾出现过两次鼎盛期。一次是被文学史家所公认的"先秦散文"时期。其时，伴随着春秋时期的思想解放，诸子蜂起，百家争鸣，一大批散文家以饱满的气血、驳杂的学识和破茧的精神，创造出了散文的繁荣和辉煌局面，对后世产生了极大的影响。

到了"五四"时期，中国散文迎来了第二次鼎盛期。白话文如劲风激浪，吹刮和涤荡着神州大地。沉睡的雄狮醒来了，偃卧的小草开始歌唱。许多学贯中西的进步文人，肩扛文化变革的大纛，冲锋陷阵，掀起了一波又一波的新文学浪潮。《新青年》上刊载的散文，犹如一束束亮光，不但给人以希望，还给人以力量。"五四"以来的散文作品，无论是观念和主题，还是形式和风格，都跟以往的散文迥然不同。最具代表性的，当属鲁迅先生的散文（包括杂文），其刚健、凌厉的文质，疗救了中国散文长久以来颓靡不振、钙质疏流的顽疾。此外，周作人、郁达夫、朱自清、萧红、沈从文等一大批作家的散文创作亦各具特色，呈一时之盛，影响深远。

时代的前行催生了文学的发展，然而文学与时代有时并不同步甚至充满了"张力场"。"五四"的个性解放虽然催生了一批个性鲜明的散文精品，但这样的生态并未持续多久，中国散文的波峰出现了向低谷滑行的趋势。有论者指出，"散文在50年代既是对解放区散文文体意识的放大，又是对五四散文文体精神的进一步偏离。这种放大和偏离表现在个体性情的抒发让位于时代共性或者时代精神的谱写，政治标准优先于艺术标准，批判性为歌颂性所取代等诸方面。"（董健、丁帆、王彬彬《中国当代文学史新稿》）1960年代初，散文创作一度出现了活跃，"专业"从事散文创作的作家群凸显出来，刘白羽、杨朔、秦牧相继登场，迅速成为散文界的三位名家。但他们的作品后人评价褒贬不一，认为其中颂歌式的写法较为单向，这种模式化的写作，不但对散文的建设毫无益处，反而扼杀了散文的个性和神采。

"文革"十年，中国散文更是一片凋零和荒芜，乏善可陈。1970年代末，一些历经浩劫的作家开始复血，解除思想枷锁，重新拿起笔来写作，中国散文才又凤凰涅槃，焕发生机。加之各种文学刊物纷纷复刊和创刊，以及大量西方文化读物的译介出版，更为这些饥渴、桎梏太久的散文作者提供了登台亮相的舞台和瞭望世界的窗口。

1980年代初期，伴随改革开放的热潮，思想解放大旗招展，文化随之繁荣，诸多承续"五四"精神的作家以笔为旗，抒发胸中压抑既久之块垒，出现了一批抒情性质浓郁的散文，使得现代散文这块"百花园"芳菲争艳，蔚为大观。特别是1980年代中期，随着作家主体意识的不断强化，中国文学开始呈现出一个崭新局面，作家从"集体意识"中抽身而出，重新返回"个体"，注重对生活的体察和内在情感的表达。这一时期，散文的艺术性得以强化，文本的精神内涵和表现空间得以拓展。

进入 1990 年代，社会发展日新月异，城镇化进程锐不可当，文化领域亦呈多元格局。各种文学思潮相互碰撞，人文精神的讨论更是打开了作家们的创作思路。"大散文"概念的提出，引发了散文界对散文的内涵和外延的重新讨论和界定。风靡一时的"文化散文"热，成为文坛上一道靓丽的风景。"新散文""原散文""后散文""在场散文"等散文流派"你方唱罢我登场"，争奇斗艳，各领风骚。

及至二十世纪末，一批深具先锋意识和文体自觉的新锐作家，像一头公牛闯入瓷器店，使散文天地发生了激烈的碰撞和变化，形成一股新的散文潮流，提升了散文的审美品质和精神向度。

纵观 1978 年至 2023 年四十多年来，中华大地在"改开"的黄金时代中，社会生活奔涌激荡，各种思潮风起云涌，散文创作更是云蒸霞蔚、气象万千，涌现了众多成就斐然、风格各异的散文作家和具有思想深度、艺术上乘的散文作品。岁月的流水冲走了枯枝败叶和闲花野草，中流砥柱却巍然屹立。时间留住了新时代的散文经典，经典在时间的长河中绽放光芒。以沙里淘金的经典散文向"改开"的时代致敬，是我们不可推卸的责任和义务。

别看散文的门槛貌似很低，要真正写好，却实属不易。优质散文是有难度的写作，它不但需要作者的智识、胸襟、眼界、修养和气度格局；更需要写作者的态度、立场、慈悲、良知和批判勇气。遗憾的是，散文创作繁荣和光鲜的另一面，却是大量平庸甚至低劣之作的泛滥，不但败坏了读者的胃口，而且造成了物质和精神的极大浪费。散文作家层出不穷，散文作品汗牛充栋，可真正能让人记住的散文佳构却凤毛麟角。

散文要发展，文学要前行。发展和前行就要从平庸的樊篱中突围。在突围的过程中，散文作家不可太"聪明"，不可太世故，要永存对文学的敬畏之心。一言以蔽之，散文的尊严来自散文作家的尊严。也可以说，要想散文繁荣，首先需要有一批人格健全，品德高尚，铁肩担道义的散文作家。什么样的人写什么样的文章。特别是写散文，最容易看出一个作家的内在品质和境界涵养。一个人格不健全的人，哪怕他作文的技法再高妙，也很难写出撼人心魄、抚慰灵魂的散文来。作家精神品质的高低，直接决定其作品的精神向度。

为了散文写作的突围和发展，为了建设独具特质的当代散文，也是为了更好地从经典散文中汲取营养，我认为有必要正视和重申一些常识性的思考。高头讲章的理论是灰色的，常识之树却葳蕤常青。

一、作家的个体精神决定散文的优劣。常言道，散文易学而难攻。难在什么地方，不是难在技巧，而是难在作家个体精神的淬炼上。倘若作家的个体精神不够丰富，不够深刻，不够清澈，纵使他手里握着一支生花妙笔，也写不出令人称赞的散文。那么，如何才能做到个体精神的丰富性呢，这就要求作家时时刻刻不背离生活，要知人情冷暖，体察人间百态，关心民瘼，有忧患意识，不要做生存的旁观者。一个冷漠甚至冷酷的人，是不适合从事散文创作的。

二、真诚是确保散文品质的基石。散文创作跟作家的生存经验息息相关，可以说，真正优质的散文，无不牵连着作家的血肉和心性。作家的喜怒哀乐，悲欢离合，都或隐或显地暗含在他的作品中。假如在一篇散文作品中，读者既看不到作者的体温，又看不到作者的态度，那这篇作品或许就是失败的。说明这个作者在他的作品中"说谎"或"造假"，缺乏真诚之心。作家一旦失去真诚，为文必定矫揉造作，作品也必定会失去生命力。因此，真诚是散文的"生命线"，也是"底线"。

三、个性是促进散文生长的养料。人无个性便无趣，文无个性便平质。当下，每年都会诞生数以万计的散文篇章，但能够让人记住，且读后还想读的作品并不多，何故？概在于这些数量庞大的散文，无论题材，还是语感都千篇一律，像是从"模具"中生产出来的，缺乏辨识度。散文要发展，必须要求作家具有"个性意识"。"个性意识"不是标新立异，更不是哗众取宠，而是一种"创新意识"和"审美意识"。但凡在散文创作方面被公认的那些大家，都是"文体家"，他们以自觉的写作实践，开创了散文写作的新路径。不合流俗方能独步致远，推动散文的建设和繁荣。

当然，以上几点并非创作散文的圭臬，谁也没有资格去为散文"立法"。

散文是自由的创造，散文精神即自由精神。我之所以提出来，仅仅是希望引起散文同行们的重视和参考，共同为中国当代散文的发展尽力增光。

我们策划、编选"中国散文 60 强"（1978—2023）的初衷，旨在对新时期以来的中国散文创作作出梳理、评价和选择，试图精选出风格各异的代表性散文作家，以每位一部单行本的形式，呈现出中国新时期优质散文的大体样貌。此项目的发起人为资深出版人张明先生。多年来，他一直追求做高品位的纯文学书籍，也曾连续多年与中国散文学会、中国小说学会合作，出版年度《中国散文排行榜》和年度《中国小说排行榜》。2023 年他策划出版了《中国小说 100 强》，反响不俗。身处喧嚣、纷杂的环境，能以如此情怀和心力来为文学做如此浩大的工程，不能不令人钦佩！

感谢张明先生邀请我和叶梅、冯秋子、陆春祥、吴佳骏、张英、文欢组成编委会，共同遴选出 60 位作家。我们在召开筹备会的时候，即将作品的思想性、艺术性、代表性以及影响力作为编选的基本原则。在确定入选作家名单时，我们认真商讨，反复研究，生怕因为各自的眼力、审美和趣味之别，造成遗珠之憾。好在我们的工作得到了作家们的积极回应和鼎力支持，惠风和畅，大地丰饶。

60 位入选的作家，既有令人尊敬的文学大家，如孙犁、张中行、汪曾祺、史铁生、邵燕祥、流沙河、刘烨园、宗璞、贾平凹、韩少功、张炜、梁晓声、阿来、冯骥才等。这批散文大家的作品，文风质朴、清朗、刚健，充满了"智性"和"诗性"。无论他们是写怀人之作，还是针砭时弊，歌咏风物，都有着鲜明的文化立场和审美取向。他们或出入历史，借古观今；或提炼人生，洞明世事，输送给读者的都是难能可贵的"精神营养"。

也有被散文界公认的名家，如李敬泽、王充闾、马丽华、周涛、冯秋子、叶梅、筱敏、张锐锋、周晓枫、于坚、鲍尔吉·原野等。这些作家的散文作品，特色鲜明，风格独特，诚挚内敛，从内容到形式，都作出了各自的探索和尝试，为当代散文注入了活力。从他们的作品中，我们不但能够领略汉语之美，更可以借此反观生活与存在，寻找人之为人的价值和尊严。

还有散文界的中坚力量和青年才俊，如彭程、谢宗玉、江子、雷平阳、任林举、塞壬、沈念、傅菲、吴佳骏、周华诚等。从他们的作品中，我们见到的，不只是中国散文的文脉传承，更是自由精神的张扬。他们文心雅正，笔力锋锐，不跟风，不盲从，始终保持着独立的思索和判断，在各自所开辟的散文园地中精耕细作，以崭新的姿态参与和推动当代散文的变革。

其实，细心的读者不难发现，入选本丛书的老、中、青三代作家都有个共性，即他们均在以自己的作品审视心灵，心系苍生，弘扬真善美，鞭挞假恶丑，充满了正义感和人道主义精神。这自然与时下众多书写风花雪月，一己悲欢，充塞小情趣、小可爱的散文区别开来。正是因为有他们的存在，中国当代散文才呈现出一幅绚丽多姿的长卷。

需要说明的是，有些重要的散文家，如张承志、余秋雨、王小波、苇岸、刘亮程、李娟等人，由于版权或其他不可抗原因，未能将他们的作品收录进来，我们深以为憾。

我们还要感谢北京立丰天文化传播有限公司的资金支持，感谢北京联合出版公司的精心编校，他们慷慨和无私的义举，对于繁荣中国当代散文创作、对于赓续中华优秀散文文脉、对于中国新时期的文化积累，均具重大价值和意义，可谓善莫大焉。这套丛书的出版意义将同《中国小说 100 强》一样，旨在给读者以经典的指引，这既是一项重要的原创文学工程，同时也是助力推动全民阅读和研究传播文化的公益工程。

郁郁乎文哉，中国散文有幸！

是为序。

2024 年 5 月 12 日星期日

（作者为全国政协常委，中国作协副主席、书记处书记）

目　录
Contents

第二辑

第三辑

纪念邵燕祥先生（代序一）

邵燕祥先生离世不觉两年了。

认识邵先生快近三十年，在寥落的朋友中，他是我联系最多、感觉最为亲近的一位。邵先生一生追求真知与真理，少年时便倾向革命，即对黑暗的反抗。即使如顾准所说，"从理想主义到现实主义"，邵先生始终是一个本来意义上的革命者。正当他青春作伴，放歌"到远方去"时，遭逢一场众所周知的打击。然而，他没有停顿，戴着"灰帽子"走向荆棘地。苦难和屈辱不曾摧毁他，反而将他磨炼成为一名"精神界之战士"。这是一名忧郁的战士。虽然，邵先生自比愤怒的蟋蟀、快乐的牛虻，在他激越的歌唱里，毕竟流露着灵魂深处的伤痛。或许，恰如邵先生说的，忧郁本身是一种力量，所以在他面对利维坦，历史的巨灵时，犹能分神于如我一样的后来者，倾注关怀的热情。

无论如何，这是可感念的。

一

中学时代，我迷上诗歌。那时，已经听说邵先生的名字了，就是找不到他的诗集。在学校图书馆，"胡风分子"和"右派分子"的著作，全都成了禁书，被锁进几个大木柜里，可望而不可即。

直到"文革"后恢复文艺刊物，我才得见邵先生的诗。至今还记得，读到那首呼唤高速公路的诗，当时是何等兴奋。那是有时代高度的诗，开阔的诗，乐观主义的诗。但不久，他的诗风便转向沉郁一路了。我刚到省城工作后不久，买到他的诗集《献给历史的情歌》，很是喜欢。那是一个精装本，庄重而美丽。

一九八四年，邵先生在《文学评论》发文提倡"史诗"。我按捺不住，读后立即写信给他，表示不同意见。或许，其中提到的史诗与相关体制及意识形态的关系问题太复杂，使他感到为难，未见作复，但想不到信被保存下来了，后来由他编入名为《旧信重温》的书中。收到赠书后，发现书中介绍作者时，称为"诗人思想者"。明显的过甚其辞，就当是邵先生的一种期许吧。

初识邵先生，是在一九九一年夏秋之间，由百花文艺出版社范希文先生组织的泰山笔会上。那时，邵先生似乎开始谢顶，但还是满头黑发，回想起来真不禁令人感叹人生的迅忽。邵先生江南人，中等身材，略显瘦弱。印象中，他穿的是平底布鞋，衣着朴素，态度谦和。当他和青年朋友在一起时，总是有说有笑，融洽无间。

参加笔会的多是散文作家，关于散文写作，会间常有交流，还有专场讨论。平日，我很少单独找邵先生交谈，大多在山行时随众一起聊天。一次到扇子崖，邵先生主动邀我合影，两人双手抓紧了背靠的一根粗大铁索，头上是险峰，脚下是万丈悬崖。大约他喜欢这背景，曾在书中使用过这张照片。拍照完后，我们对站着谈了许久，他问了一些我的情况，算是闲谈。

邵先生是健谈的，会场上却很少说话。和邵先生一同参加过几次笔会，每次都是如此。会上，讨论苏叶的散文，除了众女士，汪曾祺老先生说得最多，大家也乐于倾听他的意见。他赞扬了一通，接着说到缺点，主要是写得太"满"，意思是不够含蓄，少了余韵，还拿国画的"留白"做比喻。我当即提出反对意见，认为审美这事情不能划一，可以不满，但也不妨满，接着又拿了油画和国画做比较，支持自己的观点。说完感觉气氛有点不对，场内一下子沉寂下来。看了看邵先生，他只是微笑着，跟大家一样不说话。

作为与会者，会后如约寄出文稿一篇，交范先生集中编辑一个小册子。书出来后，邵先生来电话了，说很高兴看到我的文章，跟着冒了一句没有上下文的话，说"这是最好的回答"。"回答"什么呢？当时未及询问，事后寻思起来，以为很可能与我在会上回应汪老的发言有关。在别人看来，我对老先生太不敬，大言不惭，且有针锋相对的意味。估计会后会有一些叽叽喳喳的议论吧？邵先生没有告诉我，听了便一直记在心里。

笔会结束前，我生出创办一个散文丛刊的想法，找邵先生商量合编。他非常赞成。他不曾问我对散文创作现状的看法，不问关于刊物的宗旨、编辑的思路等，就说由我一个人编辑完成就行了，他负责组稿。他还笑着说，他是拾柴的，我管生火。我觉得拾柴人的比喻很贴切，也很有意味，在第一期的编后记中用上了。那时，邵先生对我应当没有太多的了解，但我分明感觉到，在我们之间存在着一种默契。然而，信任是一种压力，我怕负担不起，辜负了邵先生。俗话说：万事开头难。我却认为，事情做起来容易，难的倒是坚持。我对邵先生表白说，就怕有一天编不下去。这时，邵先生说了一句鼓舞的话：

"只要能出版一期就是胜利！"

话说得很悲壮，很有力量。言犹在耳，而今说话的人已经走了。

二

丛刊《散文与人》终于出版了。

刊物虽然由我具体编辑，邵先生毕竟是第一提琴手。定下基调之后，他随即拉来一大批作者；我写《论散文精神》作为呼应，组织张中晓的专辑，首次发表《无梦楼随笔》。接着，他拉来《文艺报》的编辑李维永女士加盟，专一提供译稿。通过李维永女士，我认识了余一中、高韧等先生，随后出版了多种译著。邵先生和我，意图都尽可能多收一些译文，扩大世界文学的分量。以译文开拓国内作者和读者的思路，弥补创作的欠缺，其实这也是鲁迅一贯的思想。日后，我与筱敏女士合编另一丛刊《人文随笔》，仍旧沿此撰译并重的路子。

邵先生介绍的作者，固然有各种名人，也有"无名氏"。徐晓的名文，大约也是处女作《永远的五月》，就是经由邵先生交我发表的。有一位在电台工作的女青年，邵先生转来她的稿件时，写信之外，还打来电话，特别介绍了她的知青经历，嘱我尽可能设法刊用。像梁治平、刘东、唐晓渡、程映虹等一批青年才俊的稿子，都是他组来的。程映虹在当时不见有什么"文名"，他也做了介绍；人好像后来出国了，出版过几部专著。邵先生对"小人物"的那份关切与同情，在编辑过程中，给我留下极深的印象。重视小人物，支持小人物，邵先生早在《诗刊》任职时，集中推出"今天派"一众诗人，已先期做了出色的示范。这是一种美德，是邵先生作为编辑留下的一份珍贵的精神遗产。

《散文与人》中许多名人的稿子，大抵是邵先生介绍的，其中有巴金、聂绀弩、郑超麟、楼适夷、熊秉明、绿原、何满子、邹荻帆、黄永玉、若水、蓝翎等，都非常难得。有些作者，像孙越生，因为陌生，所做的介绍很详细，且有明显的情感倾向，不仅简历而已。像黄家刚、吴仲华、冯媛等人的文字，在其他报刊很少见，却实在写得好，使我不时领受到阅读的欣悦。

丛刊共出版七期，首次发表韦君宜的《思痛录》、高尔基的《不合时宜的思想》、娜杰日塔·曼德尔施塔姆的《回忆录》等。虽然是片断，却是最先向读者展示了原著的风貌。这些著作，及后出版时，都是一纸风行的。丛刊中，柯罗连科的书信很有人文历史价值，至今仍是国内唯一的译品。威塞尔、哈维尔、克里玛、佩索阿等人的随笔，都是最早在刊内揭载的。而这些文字，大多经邵先生介绍过来，凝注着他的心血。

我在编选时，坚持重文不重名的原则，得到邵先生的支持。我先后退过好几位名家的稿子，记得其中就有冯亦代和董乐山。因为稿子由邵先生约来，为此，我特别征求了他的意见。他并不反对，只是建议我，退稿时最好写上一点理由。我遵嘱做去，老先生也特别有意思，非但不见怪，反而加以赞许；而退稿后不久，新的稿件便又随之来到案头。在老一代文化人的身上，我亲自领教了何谓"风度"，那是一种高贵的文化精神。

在一封长信里，我直陈了关于编辑的一些想法。我认为，编辑的方向有两种：一是赵家璧式，重名人，重积累，兼容并包；二是鲁迅、胡风式，重新人，重发掘，有倾向性。我表示我倾向于后者，宁可开罪作者，不可得罪读者。邵先生在电话里主动说起来，信中也曾提到，说我这个先读者而后作者的意见"教育"了他。自然我当是玩笑话，而他是认真的，接着便说我办刊物就如同编选本一样。我现在仍然弄不清楚，这是赞许呢，抑或婉转的批评，意思是太严苛了呢？

我觉得，在编辑方面，邵先生对我始终是信任的，甚至有点近于纵容。编辑《散文与人》的几年间，在他的支持下，工作非常愉快。每到样刊出来，我会立即给他寄出；他收到以后，也会随即来电或来信，告诉我他的观感，给我以新的鼓舞。

三

二十多年来，我为邵先生编辑和出版过三种随笔集、一本新诗集，还有一本，是经他增订的和另外两位老先生的旧体诗合集。

第一个集子《忧郁的力量》，是邵先生让我编选的，书名由我径取，序言也是遵嘱撰写的。写序时，因邵先生的文字想到鲁迅的杂感，又因鲁迅想到王蒙《沪上思絮录》中议及鲁迅的文字，遂顺手在煞尾处加写了一小段话。寄给邵先生看，他删掉了，补了一段"附笔"，最后说："这样做，可能贻庸人之讥，我亦甘心领受了。"书出来后，序文果然成了"断尾巴蜻蜓"。越二年，我出版《守夜者札记》时，把邵先生删掉的文字加进去，又补写了几行附在后面，叫作"附笔的附笔"，戏仿邵先生的语气说："这样做，可能贻小人之讥，我亦甘心领受了。"

颇有点恶作剧味道，回头看不免汗颜，对不起邵先生。原以为，文坛中相互批评是正常的，五四以后已成风气，即便朋友之间也可以据理力争而互不退让。我一直记住鲁迅的话："留情面是中国文人最大的毛病。"我的错处，自觉还不在于留情面，而是越俎代庖，以自己的意志而强邵先生所难。

邵先生于我，亦师亦友，而我更多地以友视之，故而常常率直地表示意见，不问对错，毫无保留。记得读了他的关于胡风案的文章，告诉他有"第二种忠诚"的印象时，他听了似乎颇感意外。他在回忆录中对周扬等历史人物的评价，我不以为然，也曾表示过异议。及至看到他评述胡乔木、吴江的文字，我亦当即致电，坦陈不同的看法。他回复了一封较长的信，与我讨论吴文的观点。

记忆中，邵先生曾经列名于中国作协主席团，做过理事，看来他对这个机构是尽责的，不像有些人那样有名无实。一次，他到我家楼上访《随笔》前主编黄伟经先生，完后两人下来到我处。简直席不暇暖，邵先生便起身告辞，说要赶回北京。我问何以如此匆遽，他答说要参加次日的作代会。我说会议有如此重要吗？他笑说有选举一项，得去投票。我颇感讶异，随即笑了，说了点冷笑话。后来，听北京朋友说他在会议中途退席了，不知是不是身体不适的原因。

我直言无忌，邵先生却不以为忤，信中还称"诤友"，对我的"妄议"应当是有准备的。但因此，才长期保持着与邵先生的联系，而不致中断。《散文与人》停刊后，他又邀我一同编选一套一九四九年后五十年的散文选本。选题是他从出版社那里承接下来的，建议用我的一道文章题目做书名，由我选目并作序，还叮嘱说序文可长至三万字。作序时，下笔竟不能遏止，写了十三万字。序文做不成了，只好单独发表，后来成书时，易名为《中国散文五十年》。倘若不是邵先生邀约，我可能不会涉足当代文学史。

我少出远门，但每到北京，必定拜访邵先生。头一次，邵先生在家中招待我，吃了全聚德烤鸭。后面几次多是招集共同的朋友餐聚，席间，邵先生妙语连珠，气氛相当活跃。最后一次，他把我带到他楼下不远处的一家小酒馆，谈话时，特意提到我熟悉的一位青年作家，透露些私隐的事，教我交往时多加注意。

在广州，我们曾在广东工大旁边的小馆子用餐，聊了小半个下午。还有一次是他和姜德明先生参加广州铁路系统的笔会，傍晚约我会面。他告诉我，不久前去了一趟新疆，从天山下来后心脏突然发病，做了手术。接着郑重告诫道，一定不能久坐工作，要吸取他的教训，预防"早搏"。从此，"健康"作为一个新话题，会被他经常提及。日前，翻阅邵先生前两年的信，有一封末尾写道：

> 天凉，换季，气候多变，防止感冒。盼注意增减衣服，勿过劳，尤其要避免熬夜，切切！

今日把读，不觉备感温暖，却又非常难过。

为了便于联系，自然也为了我的写作着想，邵先生多次劝我学习电脑，甚至写信让同事做动员。未谙电脑前，电话、通信更多些，《散文与人》编辑期间更为频密。他得知我写巴金的传记，又从报上看到我的一些近于偏激的言谈，便就巴金问题，给我写了一封长信，密密麻麻，共十八页。其实，对于巴金的敬重之情，我们是一致的。

我们彼此赠书，邵先生还曾给我寄赠过两种复印装订而成的旧书，以期增进我对于社会主义史的见识。大约因为我告诉过他，说家人爱读他的著作，每当寄来必定最先拆阅，于是后来的许多赠本，扉页上都同列了我和家人的名字，手泽中有他的一番美意。

对于我的文字，邵先生是关注的，我有好几种书，他告诉我都认真看过，并指出其中的几处错讹。报上见到我的一些短文，像《水与火》《想起汪老》，都打过电话给我，说些赞扬的话；说到长文《胡风集团案》，还特地转述他大哥读后的感受和评价。《人间鲁迅》重版时，在京开过一个座谈会，邵先生出席了，在会上做了很精警的发言。《革命寻思录》出版后，他还写了评介的文字，在报上发表。他在文章中引用一些杂闻，多次提到《大时代文摘》，我想都因为报纸是我所编，知道创办艰难，所以免费代为广告宣传。

记得萧红问鲁迅对青年的爱，是"父爱"居多还是"母爱"居多时，鲁迅的回答竟然是"母爱"。在邵先生那里，和鲁迅一样，都有着同一种母爱般的温存。

四

邵先生是念旧的。

无论从旧道德或新道德来看，人能念旧总是好的。唯有内心有爱的人，富于人性道德的人，才会念及故人。鲁迅论及知识分子时，强调"真情"，说："无真情，亦无真相也。"

两年前，听说邵先生将一些故人的赠书从家里的书堆中拣出，给报纸做专栏介绍，使这些寂寞的朋友和寂寞的书为世人所知。我未曾询及邵先生，不知是否确实。但在近几年，他和谢文秀大姐常常抽出时间，专程上门探访一些老朋友，我是知道的。上海何满子夫人吴仲华和北京的张凤珠大姐，都是历尽风霜的老人，给她们电话时，才知道不问远近，邵先生夫妇都曾先后看望过她们。

电话里跟谢大姐说起来，她说老人都很寂寞，体衰力乏，不良于行。邵先生和她自觉腿脚尚健，因此争取多走走，看望看望，还说迟了就见不到了。其实邵先生的心脏做过手术，算不得强健的人。谢大姐这番体己及人的话，我听了，实在感佩不已。

我不大了解邵先生的日常交往，仅凭接触的印象看，他并不喜结交名公巨卿式的人物。他是一个有尊严的人，外表柔弱而有傲骨。称他平民主义者是合适的，他没有名人的臭架子，这是我特别欣赏的地方。和他一起经常在饭局上露脸的几位朋友，多是我熟悉的有节操的知识分子。我还知道，他与几位沉实多思的青年有来往，还有一些曾经戴过"帽子"的，受过伤害的普通人。这类人中，有多位出版回忆录，都是他写的序。他为这些书稿多方寻找出版社，其中至少有两部寻问到我这里，为出版顺利计，还曾在信中和我讨论过书的命名。做所有这些，固然为了给历史作证，但是无疑地，也都为一种道义和友情所驱使。

对于前辈友人，无论已故或健在，邵先生一样充满敬重之情。组编"忍冬花诗丛"时，曾请他推荐另一位诗人，和他的诗一起做姐妹书出版，他只举故去已久的孙静轩先生一人。我编印荒芜先生的旧体诗，其女儿林玉极想求得邵先生一篇序文，又苦于不熟识，问计于我。我怂恿她说，你尽管找去，邵先生一定应允的。几天后，林玉打来电话，很高兴地说我的话果然应验。我知道，以荒芜先生的思想和才情，邵先生一定惺惺相惜。

恩仇分明，知恩必报，这在中国是一种传统美德。邵先生从运动中过来，对于那些曾经保护、帮助、鼓舞过他的人，只要是真诚的，哪怕片言只语，他都会记念不忘。如对梅益，对郭小川，似乎都是这样。

《郭小川文集》出版后，在北京开过一个座谈会，与会的就有邵先生。在这样的会议里，大家一致说颂扬的话，钱理群先生还激情洋溢地朗诵郭小川二十世纪五十年代的"政治抒情诗"。对此，我没有发表过异议，但事前在邵先生家里，却说过打算撰文批评郭小川的话。说时，恰好郭小川的儿子郭小林推门进屋，邵先生指着我，笑着对他说：他要批判你父亲啊。想不到郭小林立即回应道：应该批判！事过多年，我确实在《中国新诗五十年》一书中写进了郭小川。郭小林看到没有不知道，其后给我寄来一册自印的诗集，我回赠一册个人编选的诗集《自由诗篇》。

王蒙、郭小川、张光年，都是中国作协的官员。邵先生告诉我，王蒙确是他的老朋友，他们同一天结婚，且是在同一个酒店内宴客的。从前看过一篇东西，说是郭小川在反右期间曾经说过关于邵先生的公道话。倘如此，以其作协秘书长的身份，应当说是难得的。邵先生有诗赠张光年，我猜想彼此该有点交情的吧？我对张光年知之不多，只知道他写过《黄河大合唱》，后来写评论，是在批斗胡风大会上把吕荧拽下来的那个人。

前些年，北京有一批被叫作"两头真"的老人颇受推崇，但人们大抵忽略了他们的"阿喀琉斯之踵"。邵先生跟这些老人是有交集的，以他温和的性情，对于人事惯于作"同情的理解"，我疑心在认识上容易受到他们固有的局限性的影响。我把这看作是邵先生的"人性的弱点"。在二〇一六年秋天召开的邵先生作品研讨会上，我做了个简短的书面发言，其中说到：

> 邵先生知人论世，可谓明敏，但也不无失察处，有时不免颂其一点，而不及其余。一者，其人是否当颂固然可议；再者，论人当同论世结合起来，倘将其人其事置于具体的历史语境或"情势"之下，即使可颂，也未必非颂不可。邵先生身上有侠义，也有慈悲，但人性的弱点也往往隐藏于此。
>
> 政治与人性的关系本来便夹缠不清，实际上，人性道德原则往往高出于观念之上。说到知人论世，邵先生自然比我周全得多，他的宽以待人，也并非隐恶而在扬善，总是欣喜于他人的进步与光明的地方。此时，想到会上的批评可能给邵先生造成的损伤，难免愧疚不安。

五

奥威尔有一道路标式的题目，叫作"为政治写作"。在我看来，邵先生正是这样一位具有高度的自觉意识的知识分子作家。无论是颂歌或是反颂歌，对他来说，都是一种萨特式的介入性写作。

在长达大半个世纪的文学生涯中，邵先生有过好几次转折，也可以说是阶段式递进。邵先生最早以诗鸣，在上个世纪五十年代，他已经是一名全国知名的青年诗人了，直到八十年代初，仍然以诗人的身份为大家所熟知。及至八十年代中后期，他开始转入随笔写作，人们习惯地称为杂文，从此一发而不可收。他多次引用阿多诺的话说："奥斯维辛之后，写诗是野蛮的。"甚至把一个集子直接起名为《奥斯维辛之后》。九十年代初，他写过一组饱含热意的文字，计十余篇，在《光明日报》等报上密集发表。他很看重这组文字，曾特意告诉我，让我也看看。文章确实写得好，读罢"慷慨有余哀"，连带看了邵先生其余所有的随笔，后来将观感一并写入《中国散文五十年》中。

到了晚年，邵先生在写作上出现又一个转折，几乎倾全力撰写回忆录，把国家记忆纳入个人历史之中。《人生败笔》集中发表他在运动中的检讨书，以及"媚世"之作，自毁为"可耻"，这在中国作家和文化人中，算是开了先例。邵先生先后出版《沉船》《找灵魂》《一个戴灰帽子的人》《我死过，我幸存，我作证》等多部著作，立意为自己曾经的时代书写证词。一个诗人，在想象与叙事之间，他选择了叙事；一个作家，在文学与历史之间，他选择了历史。

相应地，还有一个转折，便是"身份语言"问题。在书中，我曾比较过邵先生的杂文与鲁迅的异同。鲁迅始终把自己看作奴隶，他说过，他的意见不会向"主人"直说，甚至坦承不会向政治家说。在公共论争中，由于"砭锢弊常取类型"，因此他也常常使之转化为私人论战性质。邵先生不同，他更多地为一种"公民意识"所支配，使用的语言就不是鲁迅那种"奴隶语言"，而是"公民语言"。他很少像鲁迅那样使用反语，"吞吞吐吐"，"曲曲折折"，而是公开而直接地诉诸事实，表明既定立场。邵先生写过多篇关于当代史的长文，介于评论与随笔之间，公民语言的色彩更明显。后来似乎有了变化，尤其在上个世纪九十年代中期以后，当他直面"失败"的人生而不是面对公众发言时，便脱开公民的身份，重新寻找一种宜于独白的贴己的语言，弱势者的语言。

邵先生是个清醒的现实主义者。他在写作道路上几经转折，都源自现实生活中的现象和大小事件的激发，是社会改革的需要。鲁迅说到杂文，称为"感应的神经，攻守的手足"；邵先生的写作，同样有不能已于言者，有一种急迫性。有一次，他告诉我说，诗人舒婷看了他的一些文章，问他为什么不可以写得更带文采一些、更诗意一些时，他这样表白道："我现在写文章，只当是发言罢了。"在邵先生这里，真实是第一位的，首先要能杀，能生，艺术才能有所附丽。

有人称邵先生是"鲁迅传人"，从精神谱系来说，我以为是确当的。使命感，道义感，批判性，包括自我批判，直到作为一种文体形式，将杂文随笔作匕首投枪的使用，都可以看到鲁迅的深刻影响。鲁迅青年时作文致敬"摩罗诗人"，以很大的篇幅论及普希金。邵先生也有颂诗呈献，在《普希金和他的剑》一诗中写道："普希金，普希金！/生命就是一盏恩仇分明的宝剑，/闪烁在/亲人和仇敌的中间！"邵先生的生命，也恰如一盏宝剑，闪烁在爱与仇之间。普希金的剑，邵先生反复写到，他的诗句使我立刻想起鲁迅的小说《铸剑》，和那篇火光闪耀的《野草》题词。

同为战斗者，在邵先生那里，身上少有鲁迅因过早进入"狼的怀抱"而带上的"狼性"；邵先生"找灵魂"，这灵魂也少有鲁迅的灵魂那般因风沙的打击而留下的"鲜血淋漓的粗暴"。邵先生也许不及鲁迅那般的不屈不折，战时不及鲁迅的热烈、凶猛、尖刻和决绝，但是，在当代作家中，论精神，论思想与艺术的品质，邵先生都是最接近鲁迅的一个。如果说鲁迅是唯一的，那么应当承认，邵先生是少有的。

纵观邵先生一生的诗文，所写无论是历史，是现实，时间的维度都指向未来。他是属于未来的。他有不少文学作品，显示出湛深的思想和非凡的艺术创造力，足以传世。而晚期的非虚构作品，是不可多得的历史样本，同样具有不可磨灭的价值。邵先生在文学和非文学方面的诸多贡献，我认为，目前的评论界并没有足够的认识。或者可以说，现在还不足以论邵先生。时间往后拉得愈长，愈能显示他作为一个知识分子作家的独立的风貌。

邵先生安息！

林贤治

2022 年 11 月 3 日，夜

（本文原载《随笔》2023 年第 2 期）

孩子（代序二）

朋友都知道，我从来不是爱读诗的人。一九八七年，复旦新闻系比我低一年的女同学孙惠群到我家来，提起一九五三年欢送我们毕业时，她朗诵的正是邵的诗《到远方去》，而我，真的，好像没一点印象。

我很少为好诗所感动，大概缺少这方面的艺术细胞。但是，有一次，我却为他的一首不算出色的诗《童年》而动情。

原谅我占一些篇幅，稍稍引用这首诗：

太阳藏在大楼背后，
妈妈还没回来，
冷风刮得小树摇晃，
妈妈还没回来。

妈妈怎么还没回来？
电线杆上路灯都亮了。

妈妈怎么还没回来？
地上的树叶都哗啦啦跑光了。

妈妈，你快回来吧，
妹妹的鼻子在玻璃窗上贴扁了。
妈妈，你快回来吧，
妹妹的肚子早就咕噜咕噜响了。

…………

妈妈，自从爸爸不再回家，
我和妹妹多听你的话；
妈妈，你可别也不回家，
那让我跟妹妹怎么办哪！

妈妈，回家来吧，
我的肚子也饿得慌啦。
妈妈，回家来吧，
我把棉衣给妹妹披上啦。

…………

妈妈，妈妈，妹妹老是哭，
不是妹妹不听话；
妈妈，不怪妹妹，不怪她，
我也是又饿又害怕。

....

　　其实，我从未告诉他我一个人带领两个孩子时的处境。他大约也是凭想象，猜测哥哥和妹妹盼望妈妈回家的心情。

　　读着读着，眼泪扑簌簌流了下来。

　　想起那些日子，孩子上小学以后，每次回到我那间十二平方米的宿舍，孩子们都亲热地围着我说这说那。而我，有时心情不好，加上工作太忙，只是像机器人一样忙不迭地催他们快吃饭，快洗脸，快做功课。只有快，才能让我按时到班上开会或学习；只有快，才能让军宣队或支部书记找不出岔子（当然，即使你开会再准时，工作再努力，也挡不住他们在别的地方挑你的错）。等我晚上回到宿舍，他们都已经安睡，第二天一早，还是一个劲催，快，快，快。

　　有一天晚上，开完会就听说要下达最新指示。那正是战备的年代，邻居奉命疏散回江苏，单元里没人，我急忙回家照看一下。回到宿舍，轻轻叫醒儿子，告诉说我得半夜才能回家，这一折腾，女儿醒了，问我上哪儿，我说去游行。

　　"那么晚了，妈妈别走，我害怕！"女儿不让我去。一个单元里，只剩他们兄妹俩。

　　儿子毕竟大两岁，没吭声。

　　"不怕，妈妈不一会儿就回来。"

　　我明白自己是说谎，谁知道什么时候能回？

　　我匆匆走出宿舍。

　　等游行结束，已经是下半夜了。我轻轻推开房门，兄妹俩睡着了。妹妹紧紧拉着哥哥的手。

　　第二天一早，闹闹像小大人一样告诉我，妈妈，你走了后妹妹老说，害怕，害怕，我就让她拉着我的手，她就不闹了。

当时我的心即使不是铁石心肠，也已经磨砺得粗糙而麻木了。我只是淡淡地表扬了一下闹闹，又忙着张罗他们加快动作，赶紧上学。

相依为命的日子是悠长而平凡的，一日三餐，上班下班，开会学习。

最让我揪心的是孩子有病。一个星期一的早晨，甜甜直喊难受，试试体温，有点发烧，我把闹闹送到候班车的地点后，急忙带甜甜去儿童医院。经验丰富的大夫很快诊断出是猩红热，还指给我看她身上的小红点点，嘱咐要隔离，要多吃水果。怎么办？只能送甜甜上幼儿园，是的，这是唯一的选择，那时的气氛怎么可能请一个星期事假在家看孩子呢！到幼儿园，我倾诉了自己的困难，请求老师们帮助，他们一口承担了看护孩子的责任，极为负责地把闹闹也从班里叫出来，因为他跟甜甜接触多，怕已受感染。我给老安的爱人也就是幼儿园的会计留下点钱，请她为孩子买点水果和营养品又匆匆上班去了。第二天，我抽中午时间去了幼儿园，兄妹俩住着两间紧挨的平房，里边住着妹妹，外边住着哥哥。两个孩子跟小朋友完全隔离，相互之间也不直接接触，但是两人可以说说话，倒也不很寂寞。我真是感谢石碑幼儿园的老安和众多的老师想得这么周到，安排得这么好。我也感谢两个孩子懂事、听话，直到甜甜的猩红热好利索了才回家。

"文革"初期的狂风暴雨过去了。他已经上了"五七干校"，机关里漫长的斗批改、清理阶级队伍、整党、一打三反，还有战备等等对我来说都算不了什么风浪，我日复一日地等着，等着，等着孩子长大，等着他回来，等着自己一天一天憔悴、衰老。

有一阵，邻居家的姥爷来了，小小的单元里住着老少九口，连过道里也老有人。

一个冬日，我白天参加体力劳动，出了一身汗，晚上回到宿舍，草草吃完饭就把走廊里做饭的小炉子搬到浴室洗澡。那会儿，宿舍的暖气不热，我们两家洗澡都把烧旺了的炉子搬进去，微微打开浴室的门。大家都很默契，谁也不在过道走动。可刚到北京探亲的姥爷不知晓这些，我也就紧紧关上浴室的门。洗到一半，觉得胸闷、呼吸急促，我知道让煤气熏了，想往外跑，可是听到老人仍在过道，只好挣扎着穿衣服，勉强穿上我就冲出浴室往屋里跑，然后就什么都不知道了。朦胧感到儿子叫我，妈妈，妈妈怎么了？原来我已经躺在地上，才意识到自己中了煤气，还好脑子没糊涂，赶紧喊，闹闹，开窗！开窗！闹闹开了窗，一股冰冷的北风刮了进来，我这才慢慢爬起来，让闹闹扶着拽着上了床。

多少年过去，随着时光的流逝，孩子们对童年的记忆越来越模糊，我也从没向孩子们复述过当年的情景，是我太理智，太冷漠了，还是往事不堪回首？我说不清。

谢文秀

1997 年春，1998 年末改定

（本文节选自《碎片——一个右派妻子的回忆》）

第一辑

串胡同记

　　我是老北京，我深知不管是春秋佳日，或长夏的晨昏，冬天的夜晚，在北京的或长或短、或宽或窄、或热闹或僻静的胡同里，独自走一走，是别有一种情趣的。

　　凌子风也懂得这一点，听说他导演《春桃》这部根据许地山同名小说改编的影片，因为刘晓庆扮演的女主角春桃，是沿街走巷"换取灯儿""收破烂儿"的，他决定要较多地展示北京半世纪前大小胡同的风景线，他已经带着摄制组串了不少胡同。

　　这座古城，每条胡同都有不少说道，自然有的有籍可考，有的不上经传。故实之外，又添了些新典。比方我住在虎坊桥，这里有纪晓岚的阅微草堂遗址之类，是有点文物价值的了，而经常穿行的福州馆、福州馆前街，因有城南旧事，也每能动人遐思。梁实秋不幸逝去，不然他重谝商品粮洋探亲，必然会串串胡同，以慰多年怀想的。

　　不是老北京，也许就不能领会这一层。

　　然而我是久矣无此闲情了，最近偶然一次的机缘，从西便门用自行车推五十斤大米回家，岁末冬暖，近一小时的路程，我就一路串着胡同而来。

出宣武门，进茶食胡同，经方壶斋，一九四五年钱俊瑞办《解放三日刊》，社址就设于此，一九四六年遭军警查封，全体人员被捕也就在这里。过西草厂，往骡马市大街走去，一条南北街原来是魏染胡同。

魏染者，魏阉也，是当时老百姓对明末宦官魏忠贤的不敬的称呼。他在熹宗朝专权一时，除了利用他作为皇帝"身边工作人员"的身份，并勾结了具有同样特殊地位的熹宗乳母客氏以外，同时掌握特务机构东厂，又大力培植私党，如什么五虎、五彪、十狗等等，其余相与的羽翼爪牙还不在内。这个魏忠贤自称九千岁，实际上"万岁"也在他挟制之下了，而当时竟有无耻之徒要给他立生祠的。腐败政治是繁衍无耻之徒的温床。至于魏忠贤本人，则不是无耻二字所能概括，因为他还残暴，东林党人杨涟等正是死在他手里。"暴君的专制使人变成冷嘲"，在有人议立生祠要把他当神佛供奉的时候，老百姓们的街谈巷议中就蔑称他为"魏阉"了，这该不算嘲笑其生理缺陷吧。他所阉割的是良心和人性，岂止阳物而已。

今天的年轻人大概是不知道这一切的。近读朔望《盛世见微录》云："我以为若对近代史（西洋、日本、中国的）无深刻理解，常会引起对在极其复杂条件进行的中国现代史运动产生误解或歪曲。每见当前对改革开放路线扔阻力，便常想起晚清清议派的某些言行。所以中国近代史是个当务之急，不办则成史学危机，或者已经是了。"我同意他所说的，这是要"真正掌握中国百余年来现代化历程以及其间的主次、真伪、表里、名实、成败、政治与经济、个人与历史、罪恶与进步、来龙与去脉"所必需的。

同时，我以为，不满足于"地主阶级与农民阶级的矛盾和斗争是封建社会的主要矛盾"这一命题，深入研究封建社会的经济政治社会结构，它的治乱盛衰，特别是权力的分配、倾斜中，除了外部侵略和农民战争的因素外，诸如外戚、宦官、藩镇等致乱之由，都是不无意义的。古为今用，舍此何求？

匆匆一过，我也无心探究哪座宅院曾是魏忠贤的府邸。快出胡同口时，发现路东一座破旧的两层楼房，有石牌标志，是邵飘萍所办《京报》的馆址。《京报》创刊于一九一八年，一九二六年邵飘萍为奉系军阀杀害，由他的夫人撑持到一九三七年卢沟桥事变发生。

三百年间，前有可称败类的魏忠贤，后有可称"脊梁"的邵飘萍，一条胡同所记录的历史就足以发人深思。

1987 年 12 月 27 日

城南旧事

北京的城南，走几步就是一个古迹。

但古迹也经不起岁月的淘洗。

菜市口在一百年前是刑场，现在是熙来攘往的闹市了。过往行人，谁还能想起在今天百货商场门口，经常塞车的马路上，就是一百年前戊戌中秋谭嗣同他们饮刃之地呢？

谭嗣同，这个三十三岁即被杀害的改革者，八九岁时就住在这一带，跟他的大哥二哥一起，"读书京师宣武城南"。他后来回忆当时："地绝萧旷，巷无居人，屋二三椽，精洁乏纤尘。后临荒野，曰南下洼，广周数十里。苇塘麦垅，平远若未始有极。西山晚晴，翠色照地，雉堞隐然高下，不绝如带；又如去雁横列，霏微天末。"是个让人羡慕的，饶有野趣，能够安心临窗读书的所在吧？不。那里其实是乱葬岗子，草莽间尽是日晒雨淋的白骨；在他小小的心眼里，就认定"城南少人而多鬼"。夜读时，"闻白杨号风，间杂鬼啸。大恐，往奔两兄"，哥哥当然是"抚慰而呵煦之"。

不过，在白天的阳光下，童年的谭嗣同还是在龙泉寺龙爪槐、陶然亭窑台、枣林街这些地方，留下他游嬉的脚印。也有高高兴兴出门，却满怀怅惘回来的时候，那是"清秋水落，万苇折霜，毁庙无瓦，偶像露坐"，满眼荒寒，一路阒静不见人，树木摇落，于是唏嘘不自胜。

自谭嗣同的大哥和老师韩荪农先生先后谢世，他离开城南，十五年没有再来。后来他的二哥逝去，他送葬重过南下洼。不久他的侄儿又死，大约也是寄葬在城南的湖广义园吧，四年后他在《城南思旧铭》的序中，写下那里清明上坟的情景："岁时持鸡酒麦饭上冢，俗礼乘小车白布盖，纸钱飘飐左右，及冢，挂纸钱树枝，男妇皆白衣冠，再拜哭祭。祭已，哭益哀，良久乃去。有少妇弱子，伏地哭不起，供具又倍盛，则新冢也。"

谭嗣同在这篇铭文的长序最后，又忆起童年："方余读书城南际，春蛙啼雨，棠梨作华，哭声盈野，纸灰时时飞入庭院，即知清明时矣。"随着人们清明上坟，他必到与义园相邻的大悲院一游，那儿的僧人和他们熟悉，带着他们各处走遍；那一片和尚坟地极广大而凄凉："众木翳之，昏鸦欢噪，弥见虚静。蓬蒿高长可蔽人，雉兔窜跃蓬草中。"归来读诗，到"日暮狐狸眠冢上，夜深儿女笑灯前"，好像碰到哪根弦，竟哽咽得读不下去。韩老师感觉奇怪，责问为了什么，他也说不清楚。

我是在陶然亭从一方碑刻上读到这篇《城南思旧铭》的，铭文结句是："豪乐纤哀，奔会来向；明明城南，如何云忘？城南明明，千里恻怆！"豪乐未睹，而纤哀毕现。我手头没有谭嗣同的年表之类，不知此铭作于哪年，然推算起来，该是在戊戌（一八九八年）之前不久，正在为变法维新操心奔走之际，他竟沉浸在一片悲怆凄切的回忆之中。难道他有什么不祥的预感么？也许是来自保守势力的压力太大，他想暂借思念童年旧事来排遣一下，但那个时代那个社会那个京师原就是阴气太重，鬼气太重，像古墓似的，城南一角，总角之年，终于也找不出几丝亮色。再过不久，在百日的戊戌新政之后，突发政变，谭嗣同等六君子受戮。康广仁墓据说在陶然亭，怕也早已堙没了。谭嗣同葬在何处，我竟不曾注意过，大约在浏阳吧，岁时有人祭扫否？

其实，比起在他之前黄宗羲以君为"天下之大害"，唐甄认为"凡帝王皆贼"的思想来，谭嗣同还是在承认皇权的前提下立论，不算是多么激烈的。他的确说过："今中国未闻有因变法而流血者，此国之所以不昌也。有之，请自嗣同始。"他不是主张流别人的血毫不心疼，而是不惜流自己的血；不是为流血而流血，而是为了换得变法图强。在这一点上他和历史上许多爱国者、护法者一样，甘以身殉，自我牺牲，说到做到，因为他知道各国变法无不流血；戊戌之事证明在中国也一样，而且纵流了血变法还是没成功。

谭嗣同引用江淹《恨赋》说，"仆本恨人"，一语成谶。有志不成，抱恨终天。一百年以前，这样的志士烈士无数；一百年间，这样的志士烈士仍无数。清明节近，让我们为千古的恨人默哀，并且祷祝在未来的一百年里，乐事多而哀事少，恨人少而"快人"多。时贤不会因此讥我未能免俗吧？

1998 年 3 月 1 日

信佛的外祖母

对死的恐惧，只是潜意识的活动。在我，从来没有升华为对生与死、过去与未来的哲学思考。我看宗教，有神秘感，但始终有隔膜感，觉得与我无关。

按照满族的习惯，外祖母我们叫太太，太太属马，比我大六十三岁，她在六十八岁上死了。我一直记得她和善的模样，脖子上有个"气嗉"，扁嘴，大概没牙了，这个清晰的印象大概是反复看她的一张遗照得来的，印在心里了。她穿一身道袍，手里拿着蝇拂。但她是信佛的。太太有个佛堂，就在里院的西厢房。西厢房是套间，太太住里头，外面供佛。怕打搅太太的清净，不让我们去。不是太太不让我们去，我知道她并不讨厌我们。我还记得她坐在向阳的台阶上，饶有兴味地看一本哥哥从学校借来的画儿书，指点着告诉我，画儿上那叫鳄鱼。我记得太太的佛堂里也是满墙满地的阳光，佛堂里空空的，更显得只有阳光，太太睡觉的里屋，纸窗，没玻璃，显得暗些。就在这儿太太躺在炕上，拉着我的手问："看过出殡吧？……那是雪柳。"她怕我记不住，说："我死了，我也要那样的雪柳。"这也许就是她留给我的遗嘱。

什么叫死？怎么会死？……那时候我并不明白。

太太死了，念过经了，出过殡了，我忽然想起太太对我说过的雪柳，我竟忘记跟大人们说了。太太是只跟我说过的呀！

赶紧去问母亲。"……有雪柳吗？"有雪柳。一颗心才放下了。不然我会永远负疚，永远觉得对不起太太。我有负于她的嘱托啊。

老人意识到死，操心着死后的事，惦记着殡仪、佛事，直到执事里的雪柳……老人无所求于今生了，关注着来世的祸福休咎，这样就接近了宗教。都以为宗教是船，可以渡到遥遥在望的彼岸，彼岸该是净土吧。

太太一生是不如意的。她所能有的可以实现的具体的愿望是渺小的。……几棵雪柳！

而彼岸渺茫。她却吃了半辈子斋。

太太不在了。佛堂的供桌边添了一对椅子。有时候有客人在这里坐坐。姐姐和哥哥在这里策划过阴谋：把癞蛤蟆尿滴进茶水里，对付不受欢迎的客人，不过好像止于策划，没有实行。平时佛堂里存放着他们俩共用的自行车。我转动车链子玩，手指头卷进去了。若是太太活着，这一切都不会发生。

家里没人念佛。太太的念珠成了后来出生的妹妹的玩意儿，摊在玩意儿筐箩里。只有过年包素饺子的习惯保留下来了。

1988 年 6 月

郎家园

　　小时候我家前院有几棵枣树，沿南墙两棵瘦高的白枣，还有一棵嘎嘎枣；进门甬道旁边是棵"郎家园儿"，后栽的，我还在怀抱儿里，就能耸起鼻子闻枣花儿香，那碎碎的，绿绿的，甜甜的枣花儿。

　　到新秋，神往于墙外的叫卖声，不是春日的"买小金鱼儿……来买……"那么透着温暖明亮，也不像冬夜的"硬、面……饽、饽——"那么深沉；一声"……郎家园儿的脆……枣儿咧！"从远而近悠悠传来，如一阵清爽秋风，愉悦而诱惑。

　　郎家园的脆枣儿，咱们家也有。

　　多少年的事儿，怎么记得这么清？母亲抱我在树下尝了一颗半熟的脆枣儿，我贪看脚下那蓬马莲草，一不留神，连枣核儿一起咽下去了。

　　这一来，印象就深了。那一年我三四岁，母亲不到三十岁。

　　后来搬了家，没有院子，当然也没有枣树了。枣儿都是买着吃，先几年有时还能买到郎家园的枣儿，后来就可遇而不可求了。母亲好像不止一次提起，"郎家园儿的枣儿怎么就没有了呢?"我都没在意。

大约六四或六五年，秋老虎已经过了，有一天我下班，家里锁着门。母亲带着闹闹进门的时候，脸都晒红了。赶紧让她们喝水歇歇。母亲兴奋地说:"你猜猜我们上哪儿去了?"闹闹咬字不真，可也会学舌了:"郎家园儿!"

母亲真的是给她的孙子找郎家园儿的脆枣儿去了。"怎么坐的车?""大一路呗!"这一趟撩得不近。

买到枣儿了吗?

"没找着。"母亲快快的，"那一片都是宿舍楼，连卖枣儿的影子也没有。"

"什么都没有。"闹闹也没精打采的，不知道出发以前奶奶跟他许的什么愿，我也不再问。

母亲强调是没找着，她不肯承认那个郎家园已经只是一个住宅区，一个汽车站，一个地名。不再有什么枣树林、枣树园了，宣南的枣林街还剩几棵枣树呢?

但我还是对母亲说:明儿个我再找找去。母亲大概也没把我这话当回事。

那一年我的儿子闹闹三四岁，我不到三十岁，我母亲也才将近六十岁。

转眼三十年过去了。其间我有两三次经过郎家园，或乘公共汽车，或骑自行车。我都没打听郎家园的枣儿，我早就不抱希望了。母亲还在的时候，也不曾再念叨郎家园儿，她一定也早就明白那里不会出脆枣儿了。

母亲去世快八年了，坟都迁了一次。我已经六十多岁，闹闹（当然早就不叫小名了）也已经三十出头。过两天即是处暑节气，雨后新凉，街头摊出头一竿子鲜枣儿，青的，红的，我没问有没有郎家园儿的，郎家园的枣儿已成历史，北京人还有几个记得？

谨以此文纪念生于北京、死于北京的母亲。

1994 年 8 月 21 日

革命教诲来自一个意外来客

　　解放军进城后没多久，有一天我家来了一个穿军装的不速之客。母亲陪他上楼，他也好像俗话说的"不把自个儿当外人"，走在前头，开门就进来。我从我房间走进起坐间，一时怔住。这个军人一身棉军装，还戴着棉军帽，站在那里，似是等待我跟他招呼。母亲见我没反应，就问："不认识了？他是全林！"全林！我当然不认识。我支吾着"哦"了一声。脑子里放开电影，但也只有两个不长的镜头。

　　这两个镜头纪录了我仅仅从旁"见"过他两次，我也只见过他的身影，没见过他的脸。对我来说，这是个面目模糊的人：

　　一次在我四岁以前，就是我父亲一九三八年春从山东龙口回来以前，那时家里只有母亲奉养着外祖母，带着哥哥、姐姐和我三个孩子。我刻骨铭心记住的，是在我家腰房，母亲、外祖母和我的干妈（住在老君堂那条胡同东口的李老太太）坐着说话儿，不知这个全林是什么时候掺和进来的，也不知干妈说到什么，这个全林抄起一个茶碗（也许是别的易碎的玻璃或瓷制品，但不会是酒瓶，因为我家没人喝酒，除非他自带酒瓶来），就朝正坐在靠墙隔扇木柱子前的干妈掷过去，啪的一声，碎片稀里哗啦飞落地上，我当时正在靠窗的地方待着，除了听不懂大人说的话，这一幕可看得清清楚楚。当时哥哥姐姐是不是在场，我不记得了，但总是有人把我领开。后来怎么收场，我也不知道了。但听大人多次说起这个家伙叫全林。

再一个镜头，是我父亲已经回到北平，但在我六岁上学——一九三九年秋季开学之前。应该是天气已冷，但还没到冻手冻脚的时候（这样推断起来多半是一九三八年入冬之初），我还在外院里独自玩儿着。这时有人拉门铃，父亲从里院出来开街门，我注意看着，想知道是什么人来了，转瞬间两扇门一开，挤进半个身子，是披在身上的草帘子（也许是麻包袋），只一晃，就让我父亲又给推出门去，门就关了。

只看个背影，我怎么知道是全林呢？因为后来听父亲和母亲说起，他们不叫全林，一直叫他"坏料"。我问过母亲，"坏料"是谁，告诉我"坏料"指的就是全林。这么多年，我也没深究，是哪个 lin 字，全林？全麟？抑或荃林、荃麟？

母亲一提起这个人，就有一种生理上的恶感，我从小知道，关于这个人，一个恶棍，一个乞丐……我从不多问，免得惹母亲不快。只有当母亲偶尔说起她同样不愿说起的家世的时候，或是念叨外祖母或干妈的时候，我提到小时候记忆深刻的那一次差点儿出人命的危险动作，母亲说的一鳞半爪，慢慢拼起来，可得一个大致的轮廓。

母亲不愿说她是满族人，她生于一九〇八年夏，过两三年，清朝就结束了，在一片"驱逐鞑虏"声中，满族一度受到左右视听的主流舆论的轻贱。当然这还不是主要的；主要的是母亲和外祖母在外祖父死后的遭际，使她从小恨透了这个家，这个满族之家。她的母亲，即我的外祖母，属马，生于一八七三年，迟至三十四五岁才出嫁，给年已六十开外的外祖父"续弦"。生下我母亲时，外祖父还有按月领取的

"俸禄"，没过两三年，辛亥革命，把他本已不多的俸禄砍掉了。为什么说他俸禄也不多了呢？又涉及母亲也从不愿说的，外祖父家不但是满族，不是一般的满军旗，还是所谓"黄带子"，即皇家宗室，姓爱新觉罗（外祖父"名讳"承斌），他们世袭爵位，不是越往后越显贵，而按满族祖例，是逐代递减，亲王下一代是郡王，再下一代是贝勒，然后是贝子……依此类推，详情细则我也弄不太清，反正到我外祖父承斌这一代，袭称辅国将军，已近金枝玉叶的末梢，自然俸禄有限。而这位从不打仗的辅国将军只拿"烟枪"就是抽大烟（吸鸦片），手头必然拮据。过不了苦日子，改民国不久去世，只留下小羊宜宾（小羊尾巴）胡同一个小四合院。遗产不丰，但后遗症不免。前房的公子立即把我外祖母和两三岁的我母亲这孤儿寡母轰出家门。外祖母只好带着我母亲"缝穷"糊口，后来进了禄米仓的被服厂（实为军服厂，从前清到民国，皇家和军阀都养兵，作为老虎皮的军服，是少不了的），总算有了微薄的固定收入，回到家，灯下接着干零碎的"缝穷"活儿：按中共划分阶级的标准，外祖母的成分，不算工人，也是典型的城市贫民了。

我的"干妈"，应该先是外祖母的邻居，后来同病相怜，成了毕生的知己。我称她干妈，自然是大后来的事。她们结识时，外祖母三十多岁，我干妈二十多岁（她属鸡，该是生于一八八五年），她的丈夫离家出走，一去不归，干妈守的是"活寡"，幸亏自家还有一个小院住着，也是靠缝穷把孩子拉扯大。

若问外祖母的娘家人呢？从来没听人说过。现在我臆测，外祖母所以迟至三十多岁才去给老头子"填房"，依当时的世情，若不是只有她一枝独根苗，就是前面的兄长们不顶事，她须给父母养老送终。恐怕再没有娘家人了。母亲既不愿提起父系的家世，怕是她母系姥姥家也只剩下伤心事，同样不愿意提了。

这回我要向读者多少交代一下百年前的往事，搜索枯肠，忽然想起全林称呼我母亲，总是带个"姑"字，似是姑太太，而不是姑奶奶。我有个称为四姨的在旗老辈，有个女儿，管她叫"奶奶"，可见满人把母亲叫"奶奶"；而我从小把外祖母叫"太太"，是按满族人的叫法，可见"太太"是指"祖母""外祖母（姥姥）"这一辈。因此，全林称我的母亲为"姑太太"，则他可能是我母亲的侄孙，即母亲的前房哥哥的孙子。这样说来，我的外祖母，是他祖父的继母，是他父亲的继祖母，也就是他应称为"老祖（儿）"的相隔两辈的长者了。

全林会不会是我外祖母娘家的后人呢？假设外祖母有娘家兄弟，那么这位娘家兄弟的儿子，会管外祖母叫姑姑，我母亲就是他的表姐了；若是外祖母娘家兄弟的孙子，可能会把我外祖母叫姑太太，然则我的母亲就是他的姑奶奶，但那样的话，全林恐怕年纪还该大一点。算来算去，从我来说，因为从未听说外祖母有兄弟，这样的虚拟也就没有根据，没有意义。

而看来，全林到我家演出全武行时，正在二十岁上下，显然并没见过"辅国将军"承斌，清末民初，晚年的承斌（即我的外祖父）除了一所房产再没留下什么，可能只留下鸦片这口儿雅称"阿芙蓉"的嗜好给他的嫡系儿孙，等儿孙再把小羊宜宾胡同的四合院卖了，"败家子"已无家财可败，所剩给后代全林的，可不就是个由"大烟鬼"沦为乞丐的命运了吗？

现在站在我前面的，就是这个十几年前几成"倒卧"（又叫"路倒"）的全林吗？他对我母亲也对我说，他离开北平就参加了八路军，一直给聂荣臻做饭……我一下很难从那两个镜头回来，这个蒙太奇"太奇"了。母亲知道得更多，当然想得更多，怎么把这刚入城的"大军"之一员的身份，跟他的历史数据片对接，需要一个过程，所以我和母亲都没言语。冷场一会儿，全林转了话题，问起我的情况，知道我在上学读书，并且准备离开学校参加革命，他对我的志愿加以肯定，勉励我说：干革命好，好好学习，为党工作。我们没有更多的话交流，过一会他就说，他是请假出来的，还得赶回去，看我们都挺好的，就放心了。

全林很有礼貌地告辞后，母亲和我都好像听了一篇海外奇谈，似梦非梦的感觉。不管怎么说，这个全林是换了一个人，从无理取闹，敲诈勒索，口出不逊，动手行凶到现在说人话了，彬彬有礼了，还鼓励我好好干革命了，像一个老革命似的，简直不可思议。我母亲一向相信"江山易改，秉性难移"，对这人身上的偌大改变将信将疑。倒是我力求给予合理化的解释：不是说，革命是个大熔炉么！

聂荣臻在我心里是个传奇人物，还在日本人统治的年月，敌伪华北政务委员会有个大汉奸名叫荣臻，那时民间就流传说，八路军有个聂荣臻，"镊"荣臻啊，那荣臻早晚倒在聂荣臻手里。好像没等抗战胜利，汉奸荣臻就不见经传了。

内战三年中，我先从张家口版的《晋察冀日报》上知道了聂荣臻是晋察冀边区党政军的灵魂，后来还从我所心仪的"战斗诗人"田间笔下，看到他写聂荣臻的诗，备感亲切。

怎么，全林竟是在聂荣臻身边，给这位抗日的将军做饭的？

后来，五十年代初，我不住在家里了，听母亲说，全林还曾来过，这回明确他是在华北军区。对，华北军区的司令员就是聂荣臻。

我问母亲，全林没故复萌出什么"幺蛾子"吧？母亲说还好，他说就是来看望看望。我说也许真的浪子回头，他在世上大概也找不到别的沾亲带故的人了。他还是说给聂荣臻做饭，怀着某种自豪感。我想，他从一个被我外祖母看不起、被我干妈啐骂的没出息的大烟鬼、浪荡子，成为革命的战士，他在了解他来路的人面前，有些衣锦荣归之感，是可以理解的，甚至是一种向上的因素吧。

谁知事情总在起变化，未必是由于部队在清理队伍中的过于苛求，而多半是我为他担心的老毛病重犯，他再到船板胡同来时，已经是在所谓"三年困难时期"。我当时已从右派改造场所返城了。全林出现在我母亲面前，却说在京东一个什么农场（母亲没记住，也不想记住），吃不饱，还要干活，趁休假来北京找姑太太，无非讨些钱票粮票。全林又恢复了早年固有的形象，母亲没多说什么，满足了他的部分要求，打发他走了。一来，母亲从小惜老怜贫，对穷人的饥寒向来感同身受，对乞讨者从不让他们白白地手心朝上，全林已经再次沦落至此，权当他是街头不认识的人，能施舍也就施舍吧。二来，母亲真不愿意跟他纠缠，勾起噩梦般的回忆。母亲又是要面子的人，她到邮局给我向农场寄书，邮局的人好心问："农场？是摊上什么事了？"母亲极其尴尬，因为她不习惯撒谎啊。母亲尽管不认为我是犯法的坏人，只是所谓"犯错误"，但传统观念，被抓起来关起来的都是犯法的人，何况到了农场，那时人们几乎认定所有的农场都是关劳改犯的，人神共弃，当然家中老小跟着丢人。这还是卢俊义自矜的"举家无犯法之男，累世无再婚之女"，怕也是至今都颇为流行的荣辱观。很多人会因有"进局子""被法办"乃至只是"被传讯"之类的"前科"，后来扩大到"下放""下乡劳动"而受歧视，抬不起头来，因为一概被视为"有砟"的人了，祸及高堂老人，弱小儿女。

就出于这种心理，母亲急于跟全林划清界限，赶紧用钱票粮票送他出门。那时全林还穿着旧军装，却已经油脂麻花，肮脏得不行，不说是劳改犯、劳教分子，也像是城里随时随地可得而逐之的"盲流"，如果街坊邻里有意无意间问一句："是亲戚？""从哪儿来？"可怎么答复？！

好像从那个大饥荒的年月，一直到"十年动乱"中间，全林就在那个什么农场再没有出来。他如是劳改，想必早在他能够休假进京时，就已经留场就业了；如是劳教，那本来就"无期"，即使蒙恩"解教"，也会因为本无家属，为免给社会"添乱"，留下跟上述就业人员一起"改造到老"了。

"十年动乱"结束以后，再无全林的消息。我偶尔想到此人，总觉得在他身上有很多值得思索和进一步挖掘的线索，可惜由于跟母亲一样有某种近于生理上的厌恶，没有追踪下去。这次写完前面有关长诗《乞丐们》一节，转入这一节时，我想，我写那首诗，并把标题定为"乞丐们"，前前后后绝没有记起我心中仅有的关于全林的两个镜头，我诗中所指的乞丐，不论是消极的安命者，还是积极的自发斗争者，都没有包括像全林这个类型的人。重温了全林几十年的也可称绝处逢生的命运后，他的存在仿佛一个刺眼的反讽：讽刺我的那首题为《乞丐们》的诗？讽刺我对"乞丐"这个群体的自以为是的认知？讽刺我作为饱食者族群居高临下滥施同情或怜悯？讽刺我本想歌颂"乞丐"而"乞丐们"不会领情，更不用说本想歌颂革命而不会为革命所认可的书生傻气？

2015 年 7 月 18 日

珍珠港事变纪念

一九八九年十二月七日。四十八年前的此刻，正是日军偷袭珍珠港的前夕。

三年前的这时候，我在夏威夷前往凭吊了这一战争遗迹。纪念馆就建在当时被击沉的"亚利桑那"号战舰的原地，沉船没有打捞。阴云垂岸，时作微雨，海涛相叠，海魂谁招？

在国际战史上，船长和船员们与船舰共存亡的故事已成通例，那自沉本身就是史诗式的挽歌，更无须史诗与挽歌以增其悲壮。

我凭栏俯瞰了许久，却缅想起另外一件事情。

一九四一年十二月八日（九日？）晨，我和我的同学们照常到北平灯市口油房胡同的育英小学上学。在第一节课上，老师就宣布，由于日本和美国发生战争，宣布停课，我们提前回家度寒假，等候通知。

育英小学，和育英中学、贝满中学一起，跟其他的基督教会主办的私立学校燕京大学，以及汇文、慕贞、崇实、崇慈几个中学一样，都是由美国教会方面资助的，这一回都将被日本占领军接管了。

在这一突然事件面前，我们自然只是沉默地接受了现实。我们排成长队，背起书包，从一年级开始，然后二年级、三年级……依次默默地走出校门。在校门口，一侧站着育英学校副校长邵作德（他有一个中文名字，他是美国人，可能是美以美会的牧师），他默默地目送着这支向他告别的队伍，在他即将告别这所学校的时候。

育英学校在灯市口有三部分，一院、四院是初中部、高中部，二院是小学部。邵作德平时不大到小学部来，这一天却到小学门口来照拂了。

后来听说，邵作德在送走我们以后，就和所有在北平的美侨一起进了日本的集中营，一九四五年日本投降以后，育英复校，不知他曾否回来。我在育英旧年刊上见过他的照片，瘦瘦的，戴一副眼镜，文质彬彬，年纪约四十许。我到美国时，曾想到他如果健在，应该在八十岁左右。在美国，宗教界、教育界中人八十多岁的老者是不少的。但我发现我原来不知道他的英文姓名，连问询打听也无从了。

在珍珠港，我再次想起他，仿佛他就是一个船长，把老弱妇孺转移逃生，然后与舰船一起沉没的船长，在他的沉默镇定中，至少有这一"船长精神"。

我们多年来在谴责帝国主义的文化侵略和"披着宗教外衣"的侵略活动时，往往把一般教育家、教师和传教士，与帝国主义分子混同起来了。这在一定的历史时期是不足怪的。就是在国内，共产党领导的革命队伍内部，也有许多界限有待于区别。应当看到，有些帝国主义国家、资本主义国家的教师、传教士和其他文化工作者，到中国来，虽不是为了支持中国共产党领导的革命运动，但也不是自觉地为了掠夺和压迫中国人，而是一般地对中国人抱有友好的感情，那么不管他们的世界观怎样，都不应该简单地把他们等同于帝国主义，把他们所从事的文化、教育、宗教活动划作侵略行径的。当然，我在这里不是作政策性的分析和表述，可能不全面、不准确，但感到敌友不可不辨，指友为敌是同视敌为友一样，在政治上是不利于我的，在道义上是不公正的。

1989 年 12 月 7 日

沦陷区成了所谓收复区

　　小时家里有一堆二十世纪之初的出版物，不但有民国初年，还有清末光绪年间印行的。早期铅印只有句读没有新式标点，新闻纸已泛黄的；线装楷书石印密密麻麻的；通俗文言的，半文半白的，小说、时论，都是宣传维新的……一个王纲解纽的时代，总要冒出多种多样的声音。

　　日本占领的后期，为了加紧控制舆论，也由于战时纸张严重匮乏，北京各家报纸合并成一种对开四版的《华北新报》，各种期刊合并成一种用骑马钉装订不套色的《中华周报》。

　　一九四五年"八·一五"后，最迟到九月间，在北平（这时北京又敏感地复称北平了），可以买到平津两地的许多日报，街上叫卖的报贩都喊出花儿来。我记得听说天津出了一种以鲁迅标名的报纸，但没看到过，好像昙花一现就消失了。

　　这些如雨后春笋的报刊，背景不明，但总归打破了万民缄默的郁闷，基调是欢呼抗战的胜利。重庆当局还只派来"先遣人员"，头号先遣官落地不久，就传出跟一位年轻风流的京剧坤角名伶的绯闻（那时候叫桃色新闻），我们是从小报的社会新闻版证实的。

接着，国民党的党政军警宪特各路接收大员的后续队伍络绎来到。正是唐诗人张籍所云："战后几人归故土，惟有官家重做主！"他们在没收敌伪公产和私产（汉奸的私产叫作逆产）过程中中饱私囊，大捞特捞，人们概括为"五子登科"（金子、房子、车子、女子、位子），他们的接收也就被称为"劫收"。在这前后，还钻出一批所谓"地下工作者"，有的并没从事过抗日的地下工作，只是通过一定关系同重庆方面挂上了钩，得到授权，或者压根儿就是冒充，一样地扬长过市，招摇撞骗。

我当时写了一个小品剧本，题名《流线型》，意即流行人物，题词"伊人天外飞来，此君地下钻出"，就是指的这种现象。借用（也许谈不上借用，只是在一个低层次上笨拙地模仿）"故事新编"的手法，写阿Q冒牌的把戏在咸亨酒店被人戳穿。这是一九四五年秋，我刚刚进了汇文中学读初一，见教学主楼安德堂前壁报连片，我一个人办起一份《五十年代》，请高中国文教师李戏鱼题写了隶书刊名；壁报由四张16开纸拼成，毛笔抄写，这个小品剧本占了一块版。其他三版的文字也是我独家经营，因为没保存下来，内容已经忘记，总之不是文艺形式，多半是时评、杂感一类。

这份壁报只出了创刊号。因为给《奔流》壁报投稿，那编者是高中的马宗汉，他约我帮他编文艺版；第二年，一九四六开春我又参加了陈秉智、赵嗣良、张乃圣、李新民等组织的自由读书会，有壁报《自由周刊》，我自己就不再出壁报了。

汇文中学，壁报和壁报后面的课外社团十分活跃，在北平的中学里是突出的。后来甚至被称为中学里的"民主堡垒"。

汇文和慕贞，育英和贝满，崇实和崇慈，都是一个男中一个女中相邻，原都是美国基督教会开办的私立学校，一九四一年冬太平洋战争爆发，日伪将它们改归市立，一九四五年日本投降后才又恢复原名。

这些学校本来就带有自由主义色彩。汇文初创于一八七一年，当时称汇文学校，是燕京大学的前身。现在一些历史专题片里，少不了从有限的老电影胶片中翻出的一个镜头："五四运动"时一支学生游行队伍打着汇文的横标。段祺瑞屠杀学生的"三·一八"惨案里，汇文有唐耀昆、谢勘两同学遇难（唐耀昆是六十年后一度任中国作家协会党组书记的唐达成的叔父），校园里一直矗着纪念他们的方尖碑，日本占领时期，校方在碑上涂抹了一层灰泥盖住碑文，才保存了下来。

太平洋战争以前的老校长高凤山又回来了，他是留美学生，教育思想开明，汇文有比较浓厚的民主空气，跟他的学养作风分不开。我当时完全不懂政治，尤其于政治的组织层面更是不甚了了。我如饥似渴地要读课外书，读原先不曾见的新书，参加自由读书会，却不知创办者之一的陈秉智那时已加入中共地下党组织，且还是支部书记。我只把他们看作同样热爱文学、同样关心国事的高年级大同学。他们告诫我要警惕校内的国民党三青团和特务学生，我才多少感觉到事情——或叫斗争的复杂和严重。

战争和灾难的动荡年代使人早熟，锻炼人应付社会生活和独立活动的能力；变化多端的政局和你死我活的斗争则使人政治上早熟，使人增长善观察、知进退、团结多数以打击敌对力量的政治智慧。我那些地下党的兄长属于这一代，当时他们不过十七八岁顶多二十挂零，领导汇文等校的北平地下党中学学委李营（化名老丁）也不过二十多岁。有人说我也算是早熟，不对，我在政治上是幼稚的，情绪化的，只是依凭朴素的正义感，作直觉的判断，跟着我信任的人走，在许多问题上几乎没有逻辑的过程。

在国民党抑或共产党、蒋介石抑或毛泽东之间作出选择，对每一个二十世纪中期的中国人是多么严肃郑重需要深思熟虑的问题。而我，这个十二三岁的初中一年级学生，在一九四五年秋冬在同学中间毫不避讳对毛泽东的好感："毛泽东的咏雪词，'北国风光，千里冰封，万里雪飘……'蒋介石写得出来么？"

　　所有的政治力量都不免要组织青少年的游行，以壮声势。日本统治时期，我因为在小学，没有躬逢其盛。抗战胜利后，我头一次参加游行队伍，到天安门前欢迎美军，我很乐意参加，跟卡车上笑容满面、红光满面的大个子美国兵互相挑起大拇指喊："顶好！"又一次叫我们列队上天安门前，在西边三座门那儿迎来一辆检阅车，何应钦——就是一九三五年丧权辱国的《何梅协定》签订者，现任军政部长——沉着脸站在车上，像泥塑木雕，让人失望。最后一次，又驱赶我们到太和殿前空场上，说"欢迎蒋主席莅临"，场面大，我在后面"矮子观场"，扰扰攘攘，不但什么都没听清，也没看见蒋介石的尊容，就一身尘土疲乏地回家。不久以后，天安门上挂起一幅大半身的蒋介石戎装像，领章勋章绶带佩刀一应俱全，通体的凛然寒气，仿佛在向路人示威。

　　而我那时已经见过毛泽东的肖像，从解放区张家口出版的《北方文化》封面上，从油印的《论联合政府》封面上，都看到单线平涂的铅笔素描毛泽东头像，给人的印象是温文和蔼，略带愁容。那是蒋介石的咄咄逼人所不可同日而语的。

　　如果说只是一阕词的文采，两张面相的比较，就决定了我的爱憎，那又显得过于简单了。

2007 年 1 月 28 日

你们就是祖国

我们没有了自己的国旗。我们没有了自己的国歌。

我们的城市被日本人占领了，这古老的城市。

日本人占领了卢沟桥，前门，西直门，西单，东四，灯市口，盔甲厂，泡子河；占领了街道，岗哨，车站，教堂，商店，饭馆，妓院……他们也还要占领学校。

日本占领者来到了我的小学。我们没有了自己的国旗，也没有了自己的校旗；我们没有了自己的国歌，也没有了自己的校歌。

日本占领者派来了教官。我们的学校改了名字。但是我们学生没有改名字，我们老师没有改名字，我们姓中国，我们的名字是中国人。我们书包里装着"国语课本"。

我们每一课都是"最后一课"。随时准备日本教官闯入我们的教室。日本人占领了我们的学校，但是没有能够占领每一间教室。每一间教室里屹立着我们的老师。

王法章老师！您总是穿着粗布的长袍，当您把我搂到怀里的时候总是暖烘烘的。因为教室是阴冷的，秋天的下午光线也暗淡了，一片片落叶打在窗棂上。您轻轻地向我们发问："你们见过秋海棠的叶子吗？"所有的叶子会在秋风里凋落，但是不能让秋海棠的叶子凋落。

吕向欣老师！您不轻易流露自己的情感，除了讲课以外也没有多余的话。然而您，二十四岁的女级任教师的眼神，使我觉得自己不像四年级而像一年级的小学生。那一天，您从我的日记作业里仔仔细细裁去了一页，那一页写到一个难民和显然犯禁的话。从您的眼神里，我感到无言的责备和热切的关注。那默契的一霎，我长大了。

刘雄渊老师！我对不起您，我也跟别的同学一样，在背后叫过您"瞪眼刘"。您在中学读书的儿子不辞而别了，您炯炯的目光几乎熄灭了。我想减轻您的痛苦，我向您闪闪烁烁地透露我从谁那里打听到，那个中学有几个学生到什么地方去了，让您放心。为了让您多一点慰安和希望，少一点担心和煎熬，我骗了您。您又一如平素地给我们讲解孙中山的贡献，讲解杜荀鹤的"夫因兵乱守蓬茅……"

孙敬修老师！您给我们讲的从来都是日本占领前的故事，您教我们唱的从来都是日本占领前的歌。您巧妙地引导我们这些孩子从没有外国人占领的过去看到没有外国人占领的未来。您还记得吗，日本教官被征回国了，一天下午放学以后，您和刘牧师、鲁老师们把我留下来，我们一起听那大胆保存下来的、北平沦陷前的爱国歌曲唱片。那是一九四五年春天。

一九四五年夏天，抗战胜利了，我也走出了小学校门。啊，四十年了。

我的小学时代，是在侵略者的占领下度过的。日本侵略者占领了我们的城市，并且要占领学校，要占领教室，要占领年幼的中国孩子的心。

但是，他们办不到！我们尊敬的老师们屹立在每一间教室，每一个讲台上。他们保卫着我们这些孩子的心,他们塑造着我们的灵魂。他们整齐的衣服已经送进当铺,他们连杂和面、混合面也不能吃饱。但是他们尊严地朝朝夕夕地坚守在黑板前面,粉笔末如雪纷飞,这里也是堡垒!

我们没有了自己的国旗。我们没有了自己的国歌。占领者要我们忘记祖国,要我们成为一代小小的亡国奴啊!

而我们多难的、遍体鳞伤的、血迹斑斑的祖国,没有仆倒,没有沉默,没有离去,就在我们这幼小的孩子身边,哺育我们,爱抚我们,召唤我们……

谁说不是呢?我的敬爱的小学老师们,你们就是我们小学生们的祖国!

四十多年过去了。回首往事,我从心底呼唤着:我的老师,亲爱的老师,你们就是祖国!

1985 年 7 月 11 日

上 路

——回忆我在汇文中学的两年

一九四五年暑假，我从盔甲厂小学毕业，投考北平市立九中。大约八月十日，我从家里二楼北窗，看见后面小报房胡同院里住的日本人跪了一地，原来他们在听天皇宣布无条件投降的诏书。"八一五"以后去学校报到，九中已经恢复为北平私立汇文中学，盔甲厂小学也改回汇文一小了。

那时候我也真像"初出马棚的小马""初出鸟巢的小鸟"，走出沦陷于日本侵略者的八年，也走出封闭压抑的童年，渴望着看天空，看大地，看人间世界。

但是，从日本占领者的统治下挣脱，刚刚获得一点儿自由感，很快被迎头泼了冷水。国民党的"劫收"丑闻四下传开。"盼中央，盼中央，中央来了更遭殃。"幸好当时汇文中学校园里洋溢着一种畅所欲言的气氛。教学主楼安德堂前壁报纷呈。我自己也编了一份壁报，四张十六开的纸，用毛笔小字抄写，刊名《五十年代》，请高中的李戏鱼先生隶书题签，生色不少。壁报上的诗文都是我一个人的，至今保存了其中一页，题名《流线型》的小剧本，写阿Q冒充"接收大员"到咸亨酒店来招摇；剧本前面两句题词是"伊人天外飞来，此君地下钻出"，当时到处冒出国民党的"地下工作"人员，胡作非为。

我对写作的爱好，是跟我哥哥的影响分不开的。哥哥燕平，大我五年，我们在家里就办过壁报，他把课文里《爱的教育》选篇编成小剧本，我也投入试演。日本统治后期，一九四四年末的寒假，他和黄琮、潘咏蔚、王广荃几个同学，就办过一份手抄的刊物，叫《天亮了》。

一九四五年秋，我上汇文，他在育英中学高三。有一天他说给我一本书看，拿出来，是土纸印的小册，陈伯达著《评〈中国之命运〉》。

雪夜闭门读禁书，那快慰不仅在于神秘感，更在于扩大了视野，开拓了全新的思路。蒋介石国民党的形象在我心目中接近崩塌了。

初一上半年教我们国文的仇焕香先生，毕业于北大，是周作人的学生。他在堂上挥洒自如，绝不囿于课文。通过几次作文评卷，他竟对我无所不谈，从周作人谈到鲁迅，谈到时局。我凭感觉就判断他的同学朋友中有"那边"的。果然，寒假前夕他借给我一本油印的毛泽东《论联合政府》，这是我初识毛泽东，并为他呼唤的一个独立、自由、民主、统一、富强的新中国而神往，而振袂欲起。

记得那个寒假里，除了读禁书，还写过散文诗《灯火篇》，表达一种灯蛾扑火的情怀，向光明扑去，虽被烧死而不惜……投寄给天津《大公报》，没有刊出。

一九四六年的春天，已是政协会后，国共两党重庆谈判及其后的较量中，总的说来中共是得分的。汇文中学西楼宿舍的前廊，每天中午有书报摊，从这里也可以看出舆论的倾向。共产党办的《解放三日刊》畅销，而国民党仿毛泽东书法题报头的《解放区》，主要是揭露攻击共产党的，没有什么市场。还有《群众》《民主》《文萃》等等一新耳目的报刊。自从我找到这个"阅览处"以后，就不像初上中学时那样勤于跑图书馆去看"五四文学"了。

虽然全国和战的政局阴晴不定，汇文校园的思想却十分活跃。担任教务主任的高庆赐（他是高凤山校长的侄子）出身于燕京大学，属于自由派，他曾请来民盟元老张东荪教授到全校周会上演讲。他还办讲座，请过法国文学学者、翻译家、诗人沈宝基来讲诗，请校友王蓝（抗日战争中得过国民党政府的文学奖）来讲小说。

还在一九四五年秋天，校内《奔流》壁报征稿，我投去一首诗，刊出了，编者让我领纪念品（好像是铅笔之类），我认识了主编壁报的马宗汉，他是高二的大同学，对我有如老大哥一样亲切。后来他邀我跟他一起编文艺作品的版面，并且郑重地打招呼：做编者，发稿子就没有纪念品了！

我当时还参加了朱云瑞主持的话剧团，在校内演出过一次根据日本作家菊池宽同名小说改编的《父归》，我反串女儿。

一九四六年春，我加入了主办《自由周刊》的自由读书会，以后就围绕着这个读书会的几个骨干"转"——他们是赵嗣良、葛福群、陈秉智、张乃圣、李新民，不再参与《奔流》和话剧团的活动了。

汇文中学在船板胡同东口，我家住这条胡同西口一处原名"万庆"的浴池旧址。中午回家吃过饭，就回学校，在西楼前廊书报摊上浏览，或是到楼上赵嗣良、葛福群的宿舍房间闲坐，读读他们订阅的日报，更多的是无所顾忌地"纵谈"天下大事。这里有欢洽，有忧虑，还有愤懑。这年四月在中山公园，国民党特务殴打朝阳学院陈瑾昆教授，如同年初在重庆制造较场口惨案一样令我们激动，对国民党为维持其专制而倒行逆施，已经忍无可忍了。

陈秉智不住校，我也不止一次到崇文门外木厂胡同他家去过。我不知道那时他已是地下党员，只是怀着一个少年的嘤嘤求友之心，找自己信赖的、谈得来的兄长倾诉和交流。我们也不是光谈政治，还谈文艺，谈生活，记得陈秉智就跟我研究过：恋爱很浪漫很诗意，一旦结了婚，居家过日子，早晨起来甚至有口臭，还有什么意思？……那时候我十三岁，他也不过十六七岁吧。

自由读书会在东楼有一间活动室。那里不但有艾思奇、沈志远、韩幽桐等教授著的哲学、法学、政治经济学等社会科学书籍，还有不少文学作品，解放区作家的小说、散文、诗歌。张家口出版的《北方文化》，有一期封面是毛泽东的画像。后来形势紧张时，有少量的书一度分散保存在我家里。有一本艾青诗集《黎明的通知》，至今还留在我手头。

在政治上，我接受了新民主主义革命的纲领，可以说我选择了共产党。同时，可以说，我选择了文学创作，作为个人的爱好和致力的重点。不过，从一九四六年四月到这年年底我发表在北平《新民报》"北海"副刊上的几十篇散文小品，基本上看不出革命的倾向，呈现了"二元论"的样子。

赵嗣良就曾一半委婉一半直率地批评过我当时发表的这些东西"风花雪月"，但他还是介绍我做《新民报》"学府风光"栏的通讯员（慕贞中学的通讯员是陈今蒨）。我也没很好地完成任务，有一两次政治色彩鲜明的百字短讯没有刊出，我也就弄些无聊的琐闻塞责。只是这年初冬各校联合举办尊师活动时，我在那专栏发了一篇小特写，还多少有点意思。

如果我记得不错的话，一九四六年暑假赵嗣良、葛福群曾去过张家口。葛福群或谁说过他们在那儿见到《给战斗者》作者、诗人田间。田间的妻子是晋察冀边区的文艺工作者葛文，跟葛福群有亲戚关系。

当时另一些同学圈里，也有出入解放区的。初一上学期同学中有位马凤翔，年纪比我大好几岁，老家不在北平，据他说有做买卖的亲戚来往北平张家口之间，他也去过那里，看过共产党出的《晋察冀日报》。我跟他交谈也只到此为止。初二好像他就不来了。还有一个高高个子的王石兰，他就告诉我他家是解放区，说起共产党、八路军，他对我并无避忌。后来到五十年代初，我在东四区一个会场上见过他，他当时在公安部门工作。

记不清是在一九四六年秋还是一九四七年春，周世贤进入我的生活。他到我家来过，我们谈文学，谈理想，谈《钢铁是怎样炼成的》，谈苏联，谈革命，自然也谈各自的经历，知道他是从四川的国立六中复员回北平，而在沦陷时期去大后方之前，就在育英（当时改为市立八中）读书，和我哥哥不熟，但也是知道的。

赵嗣良他们已是高三，快毕业离校了。周世贤在高二。我又有了一些高二的兄长，跟江敬文、智潼一起看苏联影片《宝石花》，也一起交谈对时事等等的看法。在当时观念里，这些都是"进步同学"，都是在参加隐隐中感到的中共地下党组织领导的活动中结识的，互相信赖，没有隔阂。

这些高年级的兄长们没有把我当成世事不知的小孩对待，使我更加感动，而愿意亲近他们。在"五二〇"反饥饿反内战运动前后，周世贤找我参加过一个校外的活动，地点在地安门西大街一处天主教会的"学生公社"，来自各校和社会上的一些中青年成立了一个"文友联谊会"，讨论过《马凡陀的山歌》，朗诵过艾青长诗《索雅》（即后来译为"卓娅"的苏联青年女英雄），还曾酝酿办手抄本刊物。开过几次会就中断了，但我在那里结识了年长些的何挹彭（当时任北大职员）、管文熊（银行职员），印象极深；胡令蓉（解放后改名胡泓）大姐住在北池子，直到一九四八年上半年我每到北京大学红楼子民图书室借书，往往弯到她家小坐，她的妈妈也很亲切开明，后来我才知道老太太早就加入共产党了。

那时候倾向革命的学生无不是喜欢读书的，而且很多是文学爱好者，不少人正是通过读苏俄文学和中国左翼文学作品，接受那影响了一两代人的"打破旧世界、建设新世界"的启蒙。我爱读又爱写，一九四七年上半年起，我的文学趣味，就从原来咀嚼古典诗词意境的描红，跨入对革命的热情想象、对光明和黑暗爱憎分明的咏唱。

仇焕香先生已经离开汇文中学，但我与他仍有来往。从他那里我借阅了几乎所有已出版的鲁迅杂文集单行本，囫囵吞枣地通读，自以为领会了鲁迅精神。不过当时并没写杂文，所写的诗和散文，都重在抒发渴望革命的情绪。如一九四七年参加北大"五四"营火晚会后写了一篇纪实文字，却只是重申了艾青的一句名诗："给我一个火把!"此文好像曾在《自由周刊》壁报上发表。

很快，就迎来了"五二〇"运动。在这之前，围绕校内学生食堂办伙曾有过波及不小的斗争，我不住校，没有参与。而这次学潮澎湃而起，打出了"反饥饿反内战"的旗帜，连平时不那么易于激动的同学都大幅度地卷入。我这里更是鞍前马后地尽一份力，干得比较多的，是埋头在东楼一角刻钢板，有动态简讯，也有歌篇。我管写不管印，我的字还工整，这就算发挥所长了。可能就在那前后，我熟识了在东楼一边为学校打工一边读书的王明安，也成了知心朋友，他一九四八年上解放区去，把一个装着衣物的皮箱寄放我处（其中一条裤子我还借穿过）。北平解放后他回来，才知他在去解放区的路上，改名"卜易风"了。

一九四七年六月二日是全国反内战日。我在六月一日晚就应召连夜排练话剧《凯旋》，这是个反内战题材的类似"活报"的剧本，王松声编剧，我在剧中反串一个农村姑娘小凤。大家忍受着睡眼惺忪和饥肠辘辘，到后半夜实在熬不住了，才就地和衣打盹休息。天刚亮，听说警察和宪兵已包围了学校，卡住大门外船板胡同通向丁香胡同和南城根的路口。出校演出必然发生冲突甚至流血。后来知道，是经地下党决定，不仅在汇文而且在全北平市停止有关活动，这或者就是"有理有利有节"的斗争策略。我一生从此没再登台演过戏，尽管写过付诸演出的剧本。

由于精力主要用于课外活动和课外练笔写作，加上学业上的偏科，我在一九四七年暑期得到的分数单上，化学不及格。自忖补考也难补救，不如转学。便去找了育英中学教高中国文的刘曜昕先生，他是仇焕香先生要好的同学，教过我哥哥，还曾经过我哥哥拿到我一篇杂文，交给他的同学、朋友许铁谷先生在其所编的锦州《新生命报》副刊发表，时为一九四六年六月七日，是我问世的第一篇杂文。一年以后我到他家，请他介绍我以同等学力报名投考育英高一。经过考试，我在一九四七年暑假后便转学育英了。

我把这些情况告诉了周世贤。我把同年级两个最要好的同学谢钟栩（后改名谢林，已故）、詹同渲（后用笔名詹同，已故）郑重地介绍给他。他让我到育英后找李永华。育英的民主氛围不如汇文。我在那里参加了地下的读书小组活动，不久就加入了地下党外围的民主青年联盟，十月间在北大民主广场席地而坐，北平市地下学委的老丁同志（后来知道他本名李营）同我们（我，杨树滋，是否还有吴铭泉记不清了）谈话后，领我们宣誓入盟。

回忆一九四五年暑假到一九四七年暑假，在汇文中学读初一、初二的两年，是我投身革命和文学上路之始：在政治上选择了共产党领导的革命道路，在个人志趣上选择了"五四运动"开端的新文学的习作。

要为校友会写些回忆文字，半个多世纪前的短短两年，却使我不胜沧桑之感，前前后后想起多少旧事直到细节，而突出在这背景上的，是一张一张当年的年轻的脸，当时我把他们看作兄长的，顶多也不过十八九岁！那时我们多么年轻！

还有老师们：前面我只提到了高庆赐、仇焕香先生，教过我国文的还有浦克刚、阎振益先生，教过我英语的师玉琛先生和"英文赵"（大家都这么叫，当时就忽略了他的名字），给我们讲自编故事又带领我们露营的童子军"阎司令"……想来最年轻的健者如浦克刚先生，也当在八十以上，解放初期我见他在一家数学刊物上列名，原来教我们国文只是暂时的代课。

　　难忘的少年时代。难忘的汇文中学。难忘的众多的师友。

2001 年 1 月 3 日

借　书

　　记得有人说读借来的书，因为要还，读得快，读得认真；读自己置买的书，因为反正在手头，容易查找，就读得马虎一些。有时候因为书是自己的，今天不读明天读也行，明天不读还有后天，竟致长期存而不读。我也有这样的体会。

　　我父亲是学西医的，家里的书柜摆满了他的精装铜版纸大部头外文专业书籍，除了偷偷翻看几本动物学著作的彩色插图，欣赏一下画得极精致的珍禽异兽以外，我对别的没什么兴趣，甚至有一种神秘的恐怖感：那些畸形，那些疱疹，叫人毛骨悚然，仿佛透过纸面听到惨绝人寰的凄厉的叫喊。

　　但是父亲毕竟是生在十九世纪，祖父又是乡村塾师，所以经史子集也有一些。章回小说有不少，那是母亲解闷的"闲书"。至于"五四"以后的新文学作品，外国文学作品，适合青少年阅读的各科知识读物，据我记忆，在我哥哥姐姐"引进"之前，家里是没有的。

　　幸而我很快就找到借书的地方。我六岁进了基督教会办的育英小学。师资是第一流的，校舍和设备在当时也属第一流。校内有一处"儿童生活园"，一到课间，它门口的喇叭就播放各种乐曲，给校园添加生气。它室内有几张矮矮的方桌，可以围坐在那儿阅览书报；更重要的是它有两排书柜，收藏着包括整套"万有文库"在内的供开架借阅的图书。仿佛是从小学二年级起就有借书资格，凭证借书，一周归还，到期可以续借一次。办事的郭（宗渊）先生从来是和颜悦色。我从这儿的藏书里初读了《爱的教育》等一系列对我有启蒙意义的作品。

每天回家必经的演乐胡同，路南有一所低洼阴暗的房子，不是商店铺面，没有牌匾，门却常开着。我好奇地斗胆摸进去，发现这个叫作"民众教育馆"的角落，除了陈列些标本以外，也有图书可看。那图书的范围可比"儿童生活园"大多了。循规蹈矩的图书管理员，只是照章办事，出借图书；既不因你是高不满三尺的小学生就拒之门外，也不因你是儿童而格外关心，指点你哪些书儿童最好不看。

眼界扩大了，就想找更加琳琅满目的"东壁图书府"（这是一副对联的上联，下联是"西园翰墨林"）。我和小同学常常到东厂胡同东口"近代科学图书馆"院内的荒地上踢小皮球。后来放暑假天热不能踢球，我就钻进阅览室借书看。在那动乱的年代，图书馆、阅览室总是有空座的。浑浑噩噩的我，在苟安的生活中进入书籍给我打开的另一个世界。这个大院现在是科学院考古研究所，盖起了幢幢新楼。每逢走过，还会回想起长夏蝉声中贪婪读书的情景。

现在的北京市劳动人民文化宫，过去叫太庙，靠南墙也有一个图书室。我那时一度十分神往于夸父追日的故事，就是在这儿借到《列子》，查明出处的。

我在抗战胜利后就读的育英、汇文两个教会中学，都有在当时比较好的图书馆；育英高中部的图书馆匾额还是胡适题的。但是这两处的藏书主要是抗战以前出版的，已经不能满足我渴望了解四十年代思想界、文艺界动向的需要了。

四十年代后期，我的志愿逐渐明确：不是要"做学问"，而是要革命。因此，进步同学间的读书会，地下党组织影响下在北大红楼开办的也向校外青年开放的"子民图书室"，这时对我的吸引力超过了鼎鼎大名的北京图书馆。

从这里传递出来的，不是一般的图书，而是火种。

我也永远忘记不了，我在初中一年级第一学期的国文老师仇焕香先生，从他那儿我不仅借阅了毛泽东《论联合政府》油印本，而且借到了几乎全部鲁迅杂文的单行本。

在我的学生时代，如果不是从图书馆、读书会和前辈、同辈那里借阅各种各样的课外书籍，开阔了精神的视野，增长了知识和间接的感受，锻炼了思维能力，我今天也许会是另外一个人。

在"文化大革命"中，我自己的书封的封、丢的丢、烧的烧、卖的卖，可以说四壁皆空了。听说两家大图书馆还在开放，但是我的工作证已被收缴，没有工作证就不能办阅览证。那时心情是不怎么愉快。一想起这些，就常常自责今天的疏懒，今天不愁无书可读了，倒是自己没有抓紧补读平生未读的书，没有抓紧更新知识——也许这是因为许多书归我所有，而不是借来的缘故吧？

1985 年 3 月 4 日

带一本"李白"去皖南

这个题目，是从《带一本书去巴黎》套下来的。我要讲的却只是一段自己的往事。

那是一九七七年秋天，"四人帮"垮台已经一年，国内政局还远不明朗。上层的事情，下民弄不清楚。但文艺界还没什么动静。我的处境倒是松动了些；干部也在观望吧，懂得勿为已甚了。这时我打了个报告，要求"深入生活"到地质队去，选定的地点是皖南，得到批准。为什么去地质队？因为我一直向往野外生活，也因为艰苦的地方没人抢，少惹许多闲话；为什么选定皖南？一是看材料那里的322队工作很好，二是揣了个私心，私心乃在"山水之间"，很想借此一登黄山，理由都预先想好了，黄山青鸾峰上有李四光发现的第四纪冰川擦痕，李四光在当年的宣传中是摘掉中国贫油帽子的元勋，采访地质队去看看他发现的冰川擦痕，就是无可厚非，甚至理所当然的了。

做了轻装远行的准备，除了地质方面的资料，挑来选去，只带了一本《李白诗选》，152个页码，收诗不到二百首，可谓少而精。此书为舒芜选注，人民文学出版社一九五四年八月北京第一版，第一次印刷。至于为什么只带这一本，则不仅是因为它薄薄的，不压分量；而且因为皖南是李白的旧游之地，不但晚年在那里流连至死，他沿江东下，南北穿梭，来往于周边的名山大川，该也不止一次路过吧。那时我没读过李白的年谱，只是从他诗集里眼花缭乱的地名，乃有这样的臆断。

更根本的原因，是我从小就窥见过李白的世界，心仪神往。我指的不是"床前明月光"那首《静夜思》，而来自沦陷区北平一位名叫江寄萍的作者的一篇文章。他生前似乎是位清寒的国文老师，四十年代初贫病而死。文友们替他辑印了一本没有封面的小册子作为纪念，其中收的可能不过是他为了糊口而写的随笔短文，有一篇集中写——李白和月亮。后来这样的文字也读过一些，但这一篇对我是关于李白的启蒙之章。我从这里第一次读到《把酒问月》，"今人不见古时月，今月曾经照古人。古人今人若流水，共看明月皆如此"。跟张若虚《春江花月夜》中的"江畔何人初见月，江月何时初照人"一样，一下子把人间的种种哀乐都推到辽阔旷邈的宇宙背景之前，使人一下子接触到李白浪漫精神的内核。人们常说李白的浪漫主义有积极的或消极的两个方面，其实无论积极消极，都源于他对时间与空间无限性的感悟和哲思。这像一把钥匙，即使在李白沉湎于最世俗的行乐，写出花团锦簇的诗行时，字里行间也氤氲着个体生命在天人之际的怅惘。运会无凭，世事无常，中国古代诗人之所谓"多愁善感"，一个愁字，概括了不同层次的无奈与茫然。而李白抒写的则是愁中之愁，想要"与尔同销万古愁"而终于销不尽的那个"万古愁"。

在宣城，温习李白的《宣州谢朓楼饯别校书叔云》，全诗就笼罩在一个愁字里，但他的"抽刀断水水更流，举杯消愁愁更愁"，到底愁的是什么，是"弃我去者昨日之日不可留"，还是"乱我心者今日之日多烦忧"？都是，又都不是。因为昨日一去不复返，固然令人生愁，但李白知道"天地者万物之逆旅，光阴（指日月）者百代之过客"，日夜轮回，春秋代序，不妨秉烛夜游，暂时聊以消愁；至于"乱我心者今日之日多烦忧"，这种烦忧不过是些枝枝蔓蔓，又何足深愁？

在另一首色彩斑斓、音调响亮的诗里，我们听到了李白的乡愁："蜀国曾闻子规鸟，宣城还见杜鹃花，一叫一回肠一断，三春三月忆三巴。"在他吟出这首绝句的一刻，眼前的花光，映红满山，幻听的鸟啼，"不如归去"，唤醒他心中一脉乡愁，让我们也感同身受了。不过，转而一想，即使他立马动身，上三峡，返峨嵋，回到他生小的家乡，他灵魂深处的愁，又还会生出别的愁绪，是无计可消除的。

但我随身带着这一卷"愁诗"，一路在皖南山水中行走，却仿佛李白的诗魂伴我，使我从琐细的烦忧中变得通脱，每首诗中展现一个不同的诗境，对照着此时此地我的眼前景，心底情，真觉得李白先得我心。在宣城，他的敬亭山一诗，让我读到他深味的孤独，到了泾县，他的桃花潭一诗，又偿我以友情的深醇。

手此一卷，我自然不会胶柱鼓瑟，按图索骥。若把李白的诗，哪怕是纪游诗，当作了导游手册，那不成了买椟还珠的呆鸟，至少也是个马二先生？在青鸾峰前仰望冰川擦痕时，遥想万千年前，地裂山崩，洪水漫溢，冰川顽石排轧而下，白浪如山，涛头喷雪，其色如电，其声若雷，我心里涌起的已经不是"秋浦猿夜愁，黄山堪白头"，而是"苍穹浩茫茫，万劫太极长"，"欲渡黄河冰塞川，将登太行雪满山"，在我的经验中，顶多只有黄河开凌的印象，却是李白写蜀道、写大江、写天姥诸篇中的锐猛气势和苍茫情怀，使我丰富和深化了对那不可复见的景观的想象。

从李白算起，毕竟又过了一千二百年，李白听过见过写过的清猿，已经无由邂逅了。然而，我在宁国县一带山水林菁中跟着地质队登临跋涉，那云天物候草木清溪，在印证着李白的诗，尽管我所到的地方，也许是他的足迹所未曾到。说印证又不尽然。"解道'澄江净如练'，令人长忆谢玄晖"，要多少次来到江边，才能看到近似于小谢当年笔下的"澄江净如练"，又才能懂得李白心中是怎样体验这看似寻常的一句诗……原来"澄江净如练"只能是属于谢玄晖，而李白吟咏的青山白云只能是李白的青山白云，清溪渌水也只能是李白的清溪渌水：我们感染了李白的诗情，再去看那山川风物，似与不似，互为注解，于是有物是人非，甚至物亦非是的感叹。

不管怎么说，是皖南那片山水给了李白以感发，他才写下那些诗来。我常说，把皖南随处一段山水截下，移到大城市郊区，都会成为轰动的景点。

我在这里，可也不全是在逛免票的公园。我身临其境地听到当地人向我讲述十几年前即六十年代初期大饥荒的惨状。李白写过"荒城空大漠，边邑无遗堵。白骨横千霜，嵯峨蔽榛莽"，可那都是由于战乱，他对和平年代也会发生的无可抗拒的灾难性的人祸，缺少足够的想象力，更无法做出预言，这是不能苛责的吧。

我在渡江而北，去和县、枞阳之前，来到当涂。那时李白的衣冠冢还没完全修复，但千古采石矶块然依旧，失悔着不曾挽留住佯狂的诗人。我想，对于李白这样应该是勘破红尘的诗人之死，是不必痛悼的，也用不着"化悲痛为力量"，更不用"一个李白沉下去，千万个李白站起来"，古今中外，只有一个李白，只要你读他的诗，你就没有失去他。

浮云渡江去，明月下山来。清风当此夜，应吹诗卷开。

江草年年绿，何多相似花？我独怀李白，难再始为佳。

在采石写下这几句，为我这一次"李白之旅"画上句号。

我每到一处，有意无意都会留下一些节目，以待后游，这次也不例外。日程使我来不及去南陵、铜陵、贵池，来不及去访《秋浦歌十七首》的秋浦。一九八三年夏，我和皖南出生的诗人刘祖慈约定，邀请老当益壮的诗人蔡其矫一起，就在这年秋天，从《秋浦歌》诞生地铜陵市出发，追步李白的遗踪，作一次骑自行车的自助游。谁知到了十月，我奉命去参加在重庆召开的诗歌座谈会，那是为清除文艺界精神污染作舆论准备的。这次壮游便失之交臂。一转眼二十多年过去了。前几天看一本新出的杂志（似乎是《寻根》），其中有一位民俗学者考证，说李白《秋浦歌》中的"炉火照天地，红星乱紫烟"云云，并不像历代注家说的，是工匠炼矿砂时的炉火，而是当地风俗，在过年时以烧红的铁置诸砧上，击打它，使星花四溅，有如烟花爆竹，象征喜庆。这非亲历其地不能知。附记于此。

2005 年 6 月 30 日

与昨天为邻

  我从一九八三年迁居到虎坊路来，已经十一年多，是我在一处住得最长的了。我们这座楼每年总要少几位老人，人称夕阳楼，我想是正常的。"天地者万物之逆旅"嘛，理应是有来有去的。旅舍也好，旅人也好，不管在哪儿，你都是置身一定的时间段，不仅和邻人共处在今天，也与已成历史的昨天为邻。

  历史上的昨天，不是以日月计的，动不动就几十年几百年。出门往北几百步，一条胡同叫福州馆；林海音《城南旧事》里写到它，她童年该就在这儿度过。顾名思义应有的福州会馆早已不见，福州馆小学许是那旧址。而当年"旧事"小女主人上的小学，唱着"长亭外，古道边……"当毕业歌的，似乎是梁家园小学。梁家园是哪个梁家，失考。旁边前孙公园、后孙公园的孙公，听说指的是孙承泽，前朝的古人了。

  这一带，隔着马路，还有西北园、西南园、东北园、东南园，都是窄窄的小胡同，平房院，短墙时不时挺出一棵枣树来。清末汪精卫进京行刺，先住在和平门外一家照相馆，后迁到东北园，就因为朋友们夜饮，声达室外，引起巡夜的人注意，密报批捕了。距今不过九十年，中国经过了多少变迁；单是汪氏本人，在其后三十多年里，就先后扮演了革命党人、官僚政客、汉奸卖国贼的不同角色。地球的沧桑亿万年一见，人事的沧桑则是在转瞬之间了。

福州馆那条胡同，往南是福州馆前街，往北是高家寨，可想见昔日聚族而居光景；西边一条南北向的胡同叫粉房琉璃街，没有琉璃瓦窑，也没有粉房，由此往南，经黑窑厂街，就是陶然亭。陶然亭旧日没有围墙，黄仲则、龚自珍、秋瑾来这里宴聚啸傲，或是低回沉吟，是不是走的这条路？

虎坊路是新地名，指一段不长的马路，虎坊桥呢，桥早没有了，那个十字路口辐射一大片。十字路口往西，叫骡马市大街，我小时候住东城，没来过，但有印象：家里的一架风琴，商标上注明是骡马市大街某厂出品，这是次要的，主要是商标中心画了一头骡子！虎坊桥往北叫新华街，把口有个两层楼，原来几十年都叫京华印书局；一九五一年春夏之交，我组织那儿的印刷工人合唱队到中央电台录音，在"文化生活"节目演播，一下子也四十年了，楼宇变化不大，这几年先是成为中国书店，后来书店退居三楼，下面租给什么中外合资的公司了。

虎坊桥往东是有名的西珠市口，路北晋阳饭庄，人们都知道是纪晓岚的阅微草堂故址。天津一位老教授的后人，去年还撰文回忆过这所宅院在民国年间的变迁，因知原有东院西院之别，现在远不是乾隆时的面貌，其实这本应在意中。这一带地名，写进《阅微草堂笔记》的，有南横街（今分南横东街、南横西街，严格地说语法欠通），香厂（今名香厂胡同），我骑车或散步经过，民居破落，也许要待"批租"给外商才能改观。我想当年的南横街和香厂，多是平民，大约也就是这个样子。二百多年，怕还是纪晓岚谦称为"草堂"的宅院更多地经过修缮吧。而纪先生"姑妄听之"，"姑妄言之"，也许根本不知道南横街和香厂离他家多远。纪晓岚虽说官至礼部尚书、协办大学士，死后有谥号"纪文达公"，但本质是个文人，尽管职在总纂四库全书，又常侍从君侧，被视为御用文人，从他的全部作品看，却并不像今《辞海》说的，"多宣扬封建伦理观念及歌功颂德之作"；他自有属于自家的识见和文笔，大概这才是他遭贬新疆的缘由，也是他能成为民间传说中高智商人物的缘故吧：他捷才，敏慧，机辩，圆通，以至有点滑头，然而若没有这点滑头，他能比另一个"伴君如伴虎"的沈德潜命运稍好么？回头看来，他的文格为官名所掩了。

在纪宅北边的韩家潭（今名韩家胡同），前纪晓岚一百多年，住过一位更纯粹些的文人：笠翁李渔。看他的《闲情偶寄》，饮食、建筑、园艺无不在行；而他主要的贡献是在戏曲理论，还有传奇作品《风筝误》等十种，家设戏班，"巡回演出"。他生于明清之际，进北京似在入清以后；请张南垣为他在韩家潭垒石蓄水，仍以他在金陵的别墅"芥子园"为名，题楹联曰："十载藤花树，三春芥子园"。如今荡然无存，只有他女婿请诸家编绘、在南京芥子园刻印的国画技法图谱《芥子园画传（谱）》，多少年来流传不歇。

五十年代中期，有一次我和袁鹰曾经到韩家潭小学来跟少先队员们见面。那时候还不知道李渔在这条街上住过。只知道韩家潭是所谓"八大胡同"之一，不免有些感慨；当时看校舍破旧阴暗，猜想或许正是旧日青楼，又不便问，中心如堵。近年有时去铁树斜街（原名李铁拐斜街，颇富民俗色彩，不知为什么一定要改名，是怕误解为嘲弄残疾人吗），房管所在那儿；左近属于"八大胡同"的石头胡同、陕西巷，四十多年前已尽扫勾栏秽气，不过民居没太变样；韩家潭胡同较大，宽敞些，但也绝无芥子园的痕迹了。

偶有闲情的时候，我喜欢"串胡同"，满目是今人，心中却不妨有古人；金元以上，事无可考，明清以降，影响似在可寻不可寻之间，这历史的时间，恰恰成了想象的空间。我不会活见鬼，认为有近古之幽灵在街头游荡，然而那仿佛近在咫尺地存在过、活动过的文人、艺人、五行八作的平民以至地痞流氓、龟头鸨母，明装的，旗装的，中山装的，西装的，纷纷从书里书外浮现，抢着作历史的参照。使人走在大街小巷，都如读史，不胜沧桑。

也许五十年后，一百年后，又会有人徜徉于虎坊桥一带，指点何处曾是前门饭店，光明日报，京剧团与俱乐部……谁知道那时候这里还叫不叫虎坊桥？

"闲情记趣"：姑名之为——与昨天为邻。

1994 年 11 月 21 日

陶然亭·之一

陶然亭旧称窑台。黄仲则有过黑窑厂诗，黑窑厂在陶然亭北，地名至今尚存。后来龚自珍、秋瑾于此都有诗，极慷慨苍凉之至。冯至怀念柯仲平文，记一九二四年的月明之夜，年轻的诗人同游陶然亭，但有芦苇萧萧。不几年，石评梅、高君宇合葬在这里，与鹦鹉冢为邻。那时的陶然亭，一片荒烟野水，一亭翼然而已。

我并不偏爱破败景象，尤其到四十年代末，这里已是垃圾遍地，芜秽不堪，一九五〇年，见众多民工挖湖清淤，修整路面，使人高兴。又从中南海迁来云绘楼、清音阁古建筑，安置在慈悲庵西。加上陆续开辟的标本园、月季园等，俨然一座老式公园了。

惨淡经营，初具规模，北京城西南有了一块游憩之地。老百姓是容易满足的，看邓友梅《话说陶然亭》中几位主人公动乱年代在此邂逅的经历可知。我在七十年代来游时也有同感，一直到八十年代移居虎坊桥，更常来散心，曲栏风荷，老树斜阳，虽然北墙外街道工厂的烟有时随风袭来，毕竟可以略远闹市的喧嚣。

然而景象有些异样了，先是民工来錾石块，接着截流断水，砍树平土，一冬一春过去，再来看时湖中多了一岛，岛上岸边各多了一亭，暗想为什么要效市廛的鳞次栉比，五步一亭，十步一亭。行行重行行，抬头看时又多了一个仿制的"兰亭"。风景点使人目不暇给，又产生不敬的联想，曰："树小房新画不古"，这是过去讥议暴发户的，但想到今天园林设计者的苦心孤诣，自觉这种联想太不应该。只是经年未再来游就是了。

　　谁知最近又来走走，循着熟路往西，发现已由铁栏砖墙围出了"园中之园"，另外售票，告示游客，里面新建了一批各地的名亭，什么醉翁亭、沧浪亭、杜甫草堂碑亭、九江浸月亭、无锡二泉亭等，因此这里叫作"华夏名亭园"。心中暗想，怎么"雅得那么俗"呢？

　　香港有宋城，深圳则在一带平岗上修建包括"万里长城"和江南景物的"中华大观"，类似放大了的沙盘，有它慰藉游子乡心的特定作用。

　　而在北京一角的弹丸之地，要叠床架屋地"荟萃"中国建筑史、文化史上各具特色的名亭赝本，想来工艺上、布置上、环境情趣上都难尽得其妙。

　　北京人口激增，人均绿地日少，过去家家院落或有的树木，多年来砍伐殆尽。城内要得一山一水一平旷地已不可得，何苦把一个本来略剩野趣的陶然亭弄成亭子密布的建筑陈列呢？我们研究古建筑的专家和设计者们，如果有条件创建一座确有艺术价值的"新亭"，会比仿制一堆"古亭"更好。当然，他们手中无权，这样的条件殊不易得，而有权拍板的人，有的怕还未窥园林艺术的门径，又怎么能知清虚自然之趣，间空与充填的不同效果。不过，转念一想，没有把陶然亭改建成百分之百的游乐园，就得感谢有关的决策者了；目前，各地众多的公园不仅面临着变为游乐园的命运——那是需要投资改建的，——而且眼下已经迫于经济需要，经历着游艺化、集市化的过程，什么山水，甚至亭台楼阁都退居背景，出台的乃是吞刀、美人蛇、展销会、大甩卖。乃知从大观园到天桥，不过五十步之距耳。待到园林艺术也纳入俗文化轨道，就无所谓"雅得那么俗"了。

不过，话说回来，纽约那么一个现代化繁华大都会，市内还有一片大面积的中央公园保持着清虚宁静的山林野趣。我们之所以热衷于在公园里搞亭台楼阁的建筑，除了建筑家们可以施展身手的天地太窄之外，是不是也因为囿于传统的"园林艺术"的框框，认为无古建筑不成园林，忘记今天的城市居民更需要一块伸胳臂伸腿的空间，略可放眼眺望的视野，一片碧波，一带绿色，一口让人稍觉清新的空气?！欲求一角荒烟野水已不可得矣，今作此想，不知是超前还是滞后了呢?

1989 年 4 月 1 日

陶然亭·之二

　　陶然亭旧有鹦鹉冢、赛金花墓、高君宇石评梅墓，现在只剩下高石的墓了。这正如西湖边旧有苏小小墓、武松墓、岳飞墓、秋瑾墓，现在也只剩下岳飞墓和秋瑾墓了。

　　这样说，我并不是感叹各处的墓日见其少，不如说我倒是不愿见以墓葬为纪念的事日见其多。把尸蜕或骨灰安放的地方加以突出，我总以为不是最好的名副其实的纪念，虽然积重难返的心理和习俗不是不能理解的。萧红墓从浅水湾迁回羊城，似乎不必再迁回呼兰了。蔡元培墓仍在香港，又何伤他为伟大的爱国者和北京大学民主精神的先驱呢？

　　在一九四九年以前的二十几年间，知识界一般也只知道高君宇参加过革命活动，不知道他的共产党人身份；而高君宇之知名，多半是因为他一九二五年早逝之后，他的伴侣石评梅为他营造的墓。若非作为石评梅的爱人的身份，单凭他是共产党人这一点，要存墓立碑，也难。高墓在陶然亭野水一湾，山阴背后。树有方尖碑，除了简历外，铭刻着这样几句话：

> 我是宝剑，我是火花。
> 我愿生如闪电之耀亮，
> 我愿死如彗星之迅息。

> 这是君宇生前自题相片的几
> 句话，死后我替他刊在碑上。
> 君宇，我无法挽住你迅如彗
> 星之生命，我只有把剩下的
> 泪流在你坟头，直到我不能
> 来看你的时候。

> 评　梅

三年多以后，石评梅也病逝。她在北京女师大的同事，把这位《涛语》和其他一些情真意挚的散文的作者，与高君宇合葬。

五十年代后，陶然亭遂渐辟为公园。这座墓也略加修茸。墓前两座方尖碑，并列在一方台坪上。记得一九八五年清明，不但有中小学生来祭扫，我还见到高家后人（多半是高君宇之弟的子孙）来献的花圈。石评梅的散文，八十年代重见选辑出版，高君宇（原名高尚德）的名字也见于有关二十年代初一些回忆录和文史资料当中了。

最近偶过此墓，见台坪前正中兀然出现一块书写着"革命烈士高君宇之墓"的石碑，敦实厚重，在咫尺之间，使多年并列在那里的两座方尖碑，相形见绌，显得单薄清瘦，甚至憔悴枯槁了。这座丰碑之前，偏左，有一方长宽厚大致相仿的石碑，大书"革命烈士高君宇墓"，标明属于北京市革命烈士遗迹重点保护单位。两碑都建于一九八七年。

用意自然是尊崇先烈，并且使墓碑规格与烈士身后应享的待遇相当，无可厚非；不过可能因各地"烈士遗迹重点保护单位"规格划一，对此处环境，特别是原有的墓碑在历史上的意义、在人们心理上的影响，考虑较少，形成这样的尴尬格局，不无欠商量处。

正中碑背的文字说明，更准确地表述了高君宇烈士的共产党员党籍及党内职务，补充了旧日碑上由高君宇之弟所写履历之不足。与高同墓的石评梅，不是共产党员，也不是革命者，至多算是革命者的家属吧，或者竟连家属也不算，碑文无一语及之，既合体例，也可理解；石评梅女士当年建墓树碑时不会想到这一些。她之于高君宇，是只有一腔眷爱，别无所图的。有她那些清纯的散文可证。心有不安的是我们这样的凭吊者，这大概因为我们终还未能超脱于世俗观念的局限吧。

1989 年 10 月 16 日

琉璃河忆旧

北京有个琉璃河，在京南，靠近长辛店。琉璃河水泥厂和长辛店机车车辆厂齐名。慢车两处都有站，是今天京广线必经之地。京广线北段曾经是有名的京汉铁路。北京叫北平的年代，也叫平汉路。

一九四九年初，我在北平听过郭兰英唱的《平汉路小唱》，其中有警句我至今记得的：

> 这个平汉路，是条贫寒的路，工人贫寒可就无出路；
> 这个长辛店，是个伤心的店，伤心的事儿可就说不完；
> 这个琉璃河，是条流泪的河，工人的眼泪比那河水多……

我记得好像是贺敬之作词，张鲁作曲，该是进北平前夕在长辛店一带突击写出的吧。后来在词作者的集子里未见收入，不知道什么缘故。

我和琉璃河的缘分要晚得多，六十年代，到单位所属农业基地去种菜什么的，都在窦店或琉璃河下车，再步行过去。一路总经过些冠以"琉璃河"的牌匾。"文革"期间"清理阶级队伍"，我们这些有问题的人又都集中到那附近的路村。窦店、路村全不如琉璃河名气大，就告诉家里"上琉璃河去"，好像多少有个着落，不至于生不见人、死不见尸似的；不然光说个这村那店，谁知道给拉到哪一方去了呀？

其实，哪一方水土不养人？我是能够随遇而安的。在路村，排队来去的路上，跟张品兴——就是后来一度主持广播出版社率先编印了《梁实秋文选》《林语堂文选》的朋友，偶然说起诗人闻捷去世的消息，叹惜之余，隐然为侥幸苟活有点沾沾自喜，不过没有说出。夏秋雨季，村里土路积水成河，入夜摸黑蹚着走，见远处灯光倒映在水里，忽然惊喜：竟是"残夜水明楼"的意境！

但是一拨一拨受"审查"的陆续回城了，留下的人越来越少，文工团不过侯宝林、朱崇懋和我有数几人了，雨季已过，西风干冷，"是夕始觉有迁谪意"。听说单位的人正在准备全编制去"干校"，不知道怎么发落我们这几个残次废品、"剐庄货""多余的人"。

某一天近中午，队部通知我们，原单位打电话来叫我们回去。自然大家都高兴，马上一边打包，一边计划着：吃过中午饭马上出发，背上行李赶一个多钟头的路，上火车，不耽误回家吃晚饭。大出意外的是，侯宝林以我从未见过的果断，指挥我们说："立刻就走！不吃饭了！"不容置疑，没有商量余地，侯宝林一改温良恭俭让的姿态，不知从哪儿来的劲头；除他以外的几个人，连我在内，一向都是听从人支配惯了的，见他如此坚决，也就无话，跟队部都没打招呼，悄没声地匆匆"起旱"，告别路村，告别琉璃河。

回到北京，才知道，大约就在我们离开十分钟以后，原单位来电话叫我们先不用进城，继续待命，因为其他的人去干校以前需要安顿家中老小，放假做准备，我们只须临走前两天再叫回来，眼下还须照旧出工干活！路村的队部还派人追了我们一程，没追上人影，我们也就得以多在北京城赖了十天半个月。不能不佩服侯宝林料事如神，他算把单位领导的心思琢磨透了。

这就是我跟琉璃河的一点旧缘。本来早就"宜粗不宜细"，忘得差不多了。

不久前买了一本花城出版的《认祖归宗——中国百家姓寻根》，当作工具书备查的。谁知这本书让我的儿子大感兴趣。他翻到"邵，召，召公之后"，问这问那。我虽比他多吃了近三十年的盐，所知也只是据说周"封召公于北燕"，即今北京一带，我名字里的"燕"，应读如"焉"，不是飞鸟，而是地名，大致相当于三千年前召公的封地。我又说，书上说邵氏的郡望在博陵郡，今天的河北蠡县、安平还有没有姓邵的不知道，倒是河北涿县听说有个花田村还聚居着邵姓的人。儿子于是问，那么我们的祖籍怎么在浙江呢？我说那是宋代南渡的一支。我一九八二年回乡，大队会计的保险柜里还锁着保存完好的邵氏家谱。可惜我只在仓促间翻阅了一下最后两代，顾不上仔细寻根。并不是数典忘祖，实在是祖宗离我们太远了，哪怕从前也"阔"过，又何从借得光来！

这些关于"老老年"的话，说说也就算了。一九九六年十二月二十四日《光明日报》"史林"专刊殷玮璋《琉璃河遗址与北京建城年代》一文，又把我引回这个话题上来。论文说北京西南四十三公里处的琉璃河古城是西周初年周王所封的燕国都邑遗址；那里出土的青铜器上的长篇铭文，证明周王将召公封于北燕，首要的就是让他把燕国附近的九个国族管辖起来，确保一方安定。

这篇论文告诉我们，琉璃河这一西周遗址，规模大，堆积厚，总面积达三点五平方公里；南半部虽遭严重破坏，北半部保存较好。北城墙全长八百二十九米，东西城垣残长各有三百余米；古城东侧密集地埋有大、中、小型各类墓葬和陪葬的车马坑。已经清理的二百多座西周墓，出土一批反映当时生产、生活状况的文物（但愿尚未清理的墓葬区不遭盗掘）。

这篇论文还如此描绘了这个燕国都城的自然地理环境：

> 琉璃河古城所在的台地，属山前洪积冲积平原，面积较大。进入全新世以来，这里一直有人类居住和活动。城址西边有大石河，水源充足，北距永定河也不远，故东西向有水陆交通可用。陆路交通有沿太行山东麓的南北大道，自古以来它就是南北大动脉。它南通中原，北分两路，分别通向蒙古草原和松辽平原。这条大道是中原地区与北方草原地区及东北地区连通的主干线。北京地区的史前与先秦遗址中往往看到中原、东北及草原地区的不同文化因素，正是由人员交往而使南北各地文化在这里接触和交流的反映。按《诗·小雅》记载"周道如砥，其直如矢"，可知当时的道路建设也颇规范，车马往来相当方便。琉璃河遗址内发现的数十辆马车，在坑内分别与一马、二马、四马埋葬，反映了当时用马拉车的情况。用这些马车作为交通工具，把燕国都邑与四方连起来，这在三千年前是很先进、便捷的交通方式。

像这样的内容，这样的文章，才当得起《琉璃河忆旧》这样的题目呢。把我辈途经琉璃河"出逃"的狼狈相置诸这一马平川、大道通天的辽阔背景上，我们能不愧对祖先诚惶诚恐无地自容么？

1996 年 12 月 28 日

有轨电车

　　说是北京要恢复一条有轨电车的线路，是供怀旧的旅游项目吧？我一下子想到四十年前。

　　整整四十年前那个六月，有个星期天一早，我问闹闹："跟我出去玩，好吧？"他高兴："上哪儿？""上天坛。"闹闹五岁了，还没去过天坛。我也好久没去天坛，更好久没带闹闹出去玩了，不知成天忙些什么。当爸爸，真惭愧。为什么上天坛？那儿人少。还可以坐一段有轨电车，闹闹还没坐过。

　　那时候内城的有轨电车早停开了，只有外城还保留着一段。我带闹闹出崇文门，告诉他："这儿从前叫哈德门。""哈德门。"他重复着，似乎并不觉得多么有趣，他不会有什么怀旧之心，又不知道曾有一种香烟叫"哈德门"。我于是改了话题："咱们坐电车，从前叫 diang-diang 儿车。""diang-diang 儿车，diang-diang 儿车……"他这回感兴趣了，直到上了车，看到司机站着开车，用脚打铃，丁丁当当，似觉新奇，可能悟出了为什么叫 diang-diang 儿车。

我一路给他数着站名：花市，磁器口、金鱼池……孩子认真听着，我却是有一搭无一搭地说着。我发现自己神不守舍。原来我并不是一心陪闹闹出来玩，只不过是要转移一下注意，缓解一下内心的焦虑。

　　一个月前，五月十日跟剧团出发，在车站听到《评"三家村"》的广播，上距去年秋天在山西乡下听到评《海瑞罢官》的广播，整半年了，心总是这么悬浮着，预感要出什么事，还是大事，而且这些事总会殃及我。

　　从山东提前回来，叫回来参加"文化革命"。船到天津那天早晨，见港口小船上有人用长竿钩着一具水里的浮尸，不知要拖到哪儿去，心中暗暗感到不祥。待回到单位，一阵子好像"西线无战事"，我懂得这是暴风雨前的片刻平静。我被闲置，而别人都在我目不能及的地方忙着。这很像一九五七年夏季的气氛——反右派斗争开始了，对我点名之前。不过，当年我很麻木，现在想麻木也麻木不下去了。何况，跟那时不同的，如今有了小孩，我已是为人父了啊！

　　车到天桥，领着闹闹下车，走进天坛。我没有考虑儿童心理，想的是看祈年殿、圜丘坛，没想到进门不远就是儿童游戏场，他一头扎进去就不再旁骛了。

　　我有意无意地把思维从沉重的事引开，尽量看着游戏场里的孩子。但是不由得想，这些孩子都这么天真而快乐，不知愁苦为何事，他们的家长也都这样吗？人家大概都没有我这样"摘帽右派"的压力，那么闹闹虽然今天跟别的孩子一样玩得自在，明天，我再次陷入重围，他还能有这样的快乐时光和无忧无虑的心情吗？

　　我一边努力驱散一团乱麻的烦忧，一边又深深陷入了负疚的自责。为什么要有孩子呢？你不能让孩子有好日子过，为什么要让世上增添一个受你连累的人呢——而且是这样一个幼小而且弱小者？

　　等闹闹把游戏场里各样都玩过一遍，我还是按照我的计划，把他带到祈年殿那边主要景区去了。回音壁多好玩啊，可抱着他喊过几声以后，想放他下地，他不愿意，看来他累了，这时我也觉得有些疲倦，一看表，正午已过，都怪我二心不定，忘记掌握时间，这该是平常闹闹饭后休息的时刻了。我连忙往西门走，通往大门的路好长啊，难为孩子一上午跟着我一路走过来，他体力消耗太大了。抱着他，并不壮硕的孩子在我臂弯里显得越来越沉。闹闹睡着了。

抱着睡着了的闹闹，又从天桥电车站登上电车。一路只听司机不时踩响丁丁当当的铃声，乘客尽皆默默无语。坐在车上，无心看车窗外，我心里一片空白，不去管往事历历，也不管前路茫茫，只端详闹闹睡得实实的，稳稳的，睡态也安详。——看来一九五七年的事态，不可避免地要重演了，不知道什么时候，还能跟你一起过星期天，跟你一起出来玩？

那一个星期天，一个无哀无乐、亦哀亦乐的日子，就这样留在了我的记忆里，连着那有轨电车的铃声，以及闹闹五岁时琢磨这个词儿的神情——"diang-diang 儿车？"

2006 年 3 月 25 日

第二辑

关于鲁迅

雪后兼之以凛冽的寒风一扫，今天北京的天空又像几十年前一样地蓝了。只是缺少一二风筝在晴朗的天空浮动。

我十岁内外读了鲁迅的《风筝》，我就觉得我像是他的那个小兄弟了。

从那时起，我总把他当作謦欬相闻的同时代人。

有时候我以为我理解了他，有时候我发现我完全没有理解他。

我仿佛看到他脚着黑胶鞋，从西城到东城，蹚着北京的黄土路，又从东城到西城，走过大半个北京：这在毒日头下有无辜者"示众"的首善之区，这经历过"民国以来最黑暗的一天"的首善之区！

一个踽踽独行者，一个荷戟独彷徨的猛士，也许不期求世俗的所谓理解吧。

他说过："人生得一知己足矣。"

而他视为知己的，是瞿秋白。

他是思想者，却奉还"思想界的先驱"的桂冠，更掷还"青年导师"的帽子。他冷笑着接过"堕落文人"的谥号，自署曰"隋洛文"。

他也的确不愧为"从敌人的营垒中来"的"世故老人"，他早看透有人惯于拉大旗做虎皮，或拿麒麟皮掩盖马脚，也看透名人死后必有人抢孝帽，谬托知己。对那些树他为旗帜的人，他至少会投去怀疑的眼光吧。

没有经过浮沉起落带来的世态炎凉，如鲁迅少年时小康之家家道中落后人情的冷暖，不可能理解鲁迅为什么"白眼看鸡虫"，对某些他所蔑视的人，连眼珠也不转过去。

没有经过同行者有的高升有的退隐有的颓唐有的落伍，没有目睹同是青年人"或则投书告密，或则助官捕人"，就不可能理解鲁迅为什么说"名列于该杀之林则可，悬梁服毒，是不来的"，那样的"虽千万人吾往矣"地决绝。

没有"横站"着迎接过来自几面的明暗的攻击，没有在草间独自舔过伤口，就不会懂得为什么鲁迅至死也"一个都不宽恕"。

没有在"无声的中国"感受到如被囚禁于铁屋、于古墓的痛苦，就不懂鲁迅为什么呼唤敢哭敢笑敢爱敢恨敢骂敢打的人，为什么主张"能憎才能爱，能杀才能生"；没有体会过"城头变幻大王旗"的幻灭，就不懂鲁迅为什么首肯于"绝望之为虚妄，正与希望相同"，为什么预见到几乎每一次改革后的反复和掺杂，并指出中国的文化是个染缸，能够征服和俘虏原先的战士。

唯思想者为痛苦，唯清醒者为痛苦。

鲁迅却绝不虚伪；不以自欺来逃避痛苦，也不以假话去安抚别人。

鲁迅向烦他撰文代寡母请求旌表的乡人说："你母亲贞节不贞节我怎么知道？"

不能这样说真话的聪明人，能够轻言学到了什么"鲁迅笔法"吗？

也不必担心一下子冒出好些个鲁迅；没有那回事。鲁迅是独一无二的，不可复制的，更不会大量涌现的。

然而鲁迅又不是不可学习的。但不是学模范学标兵的学法。

以鲁迅阅世之深，阅人之深，他可以说是我们每个人（一切反动派及其帮凶、帮忙、帮闲者除外）的知己。但我们是不是鲁迅的知己？他的书我们读懂了多少？他这个人，我们是否从某一个侧面接近了他的精神世界？

读《孔乙己》，我们是否想过我们跟孔乙己有几分相似？读《阿Q正传》，我们是否在阿Q身上看到自己的影子，并想到鲁迅"哀其不幸，怒其不争"的忧患的胸怀？何况除了这位传主，还有王胡、小D以至假洋鬼子、赵秀才……鲁迅留给我们多少面亮可鉴人的镜子啊。

小时候把鲁迅当作不同于一般长者的长者，尊敬地呼为先生。

今天，我的年齿已多于鲁迅的年龄，我对先生的人格和识见更加高山仰止，因为我以为经过世事沧桑，我对先生有了较深一步的理解，理性的而非情绪的。掩卷之余，或还可以与先生对话、斟酌，直至争论。

我自然不可能如瞿秋白那样成为鲁迅的知己，或亦不能为雪峰，为胡风，但能不能像萧红那样得到在先生面前放言的权利，或是像木刻研究会的青年，掏出带着体温的钞票买书的工人那样，可以不拘形迹地相互视为同道呢？

说鲁迅是伟大的，诚然，但他是不同于一般所谓伟大的伟大。说鲁迅是伟大的革命家，诚然，但他是不同于一般所谓革命家的革命家。

说鲁迅是伟大的思想家，诚然，但他是不同于一般所谓思想家的思想家。

说鲁迅是伟大的文学家，诚然，但他是不同于一般所谓文学家的文学家。

一般的发发议论，是远不可望鲁迅之项背的。

以上云云，是不会为时下一些从抵制"鲁货"到"告别鲁迅"的主张者所满意的，我也不想让他们感到满意。

一千个读者就有一千个鲁迅。我的鲁迅，是我这多年不断发现和不断加深理解的鲁迅，我引为师友，忘年之交，别人对他怎么看，其实是无足轻重的。

1997 年 1 月 1 日

《鲁迅：人，还是神？》序

　　人之所以异于禽兽者，是不仅浑浑噩噩地为族群繁衍着后代，而且对后代寄托着希望，对将来怀抱着理想：愿人之子们能够告别专制和愚昧，健康合理地做人，以进于真正的文明。

　　鲁迅在彷徨和孤独中，呼喊着"救救孩子"，一心想的是肩住黑暗的闸门，放他们到光明的地方去。他想望着推翻千百年来吃人的筵席，在恍如古墓的废墟上恢复一个人的世界。

　　他明知"绝望之为虚妄，正与希望相同"，他不忍人们在无望中沉沦，他要在如墨的夜涂抹一线熹微的亮色，为生活装点些欢容。

　　但他不是冥想者，他是切切实实地足踏大地，要在无路的地方走出一条路来。

　　于是我们看见荒原上过客的足迹和背影。

　　于是我们看见乌鸦盘桓的坟前依稀一个花环。

　　鲁迅，这个为人子、为人兄、为人夫、为人父者，这个有着正常人的喜怒哀乐却又因敏感和理性而一倍增其哀乐的大智大勇者，他不能不痛苦，不能不愤怒。他面对着野蛮和残暴、虚伪和卑劣、麻木和怯懦，面对着社会的畸形和人性的病态，发出了他所能发出的最沉雄的呼吼和呐喊。

他在路边的草莽中独自舔罢伤口，又进入壕堑了。他用借来的天火煮自己的肉，是为了营养奴隶的孩子们，成为敢想敢做敢哭敢笑敢骂敢打、搏击于时代潮流上的人。

他为年轻时夺去了幼小者心爱的风筝而歉疚终生，他为人血馒头治不了病孩的绝症而悲悯不已。一个识破无数谎话，参透生死，何等通脱的人，却一次又一次陷入摆脱不掉的迷惘和困惑：为什么他所深爱并热望的青年中，竟又出现了投书告密、助官捕人的恶棍？又出现了他深恶痛绝的奴才、二丑、帮闲以至帮凶？

鲁迅，生前不得不认真应付着来自四面八方也来自同一营垒中的明枪和暗箭。对来自委琐的小报文人或称小人们的诅咒和攻讦，他投以极大的蔑视，有时连眼珠也不转过去。他又从中国的常例预见到他死后会有的众生相，但他决然想不到他所寄予希望者会把他的前半生和后半生一砍两截，把他的思想和精神肢解示众，改换商标沿街叫卖。他曾宁愿以肉身饲狮虎鹰隼，然而狮虎鹰隼何在？但有堕落的蛆虫连同蠹鱼，游走你的书中，啃吃你的思想，玷污你的名字！

你生时是一个绕不开的存在。你死后，你的眼睛仍悬在历史的东门。你的存在对一切坏东西以及不是东西的东西，成为思想的、精神的、道德的巨大威慑，使他们如芒刺在背，寝食难安。

你曾指斥过"诗歌之敌"。但你也不会想到，这些不断繁殖的"诗歌之敌"，能使你所爱的一代又一代青年，在享有了多少人多少年用自由、伤痛以至生命换来的一点狭小空间里，浪费着他们的自由、才华和生命，甚至随时堕落下去。

这将是一个漫长的过程。一个希望屡屡遭遇失落，却仍将燃起不灭的希望的过程。鲁迅的全部希望和绝望，悲观和乐观，全部的“上下而求索”将与我们同在。

鲁迅指认过有数的民族的脊梁。也只有越来越多佝偻的脊梁挺直起来，奴隶的脊梁成为人的脊梁，才能形成中国的脊梁，世界的脊梁：为了人的中国，人的世界！

2000 年 5 月 1 日

节日气氛中抓空完成长诗《乞丐们》

毕竟事隔多年，一想起那年年初大局初定，解放大军却还没进城的一段，脑子里乱哄哄的，尽是一片热闹的节日气象，——列宁不是说过，"革命是一切被压迫者的盛大节日"嘛！——我想不起是否从围城起全已停课，我们是否还得到自己的班上点个卯；学校的教学秩序应该照常，寒假前应该没有停课，不然我怎么还能见到同是走读的男生李述莲、黄文捷他们呢。李述莲为祖传的中医世家，黄文捷跟寡母相依为命，他们都是一心向学，从不卷入学潮的老实学生（学潮云云，是国共双方同样称呼的，后来中共正式的历史叙述才叫学生运动；工潮也一样）。跟他们相比，唉，我成了准"职业学生"。

我这里说的"我们"——我们怎么想，怎么干，其实都指当时的左派学生，党团员。拉上所谓中间派，就是平时没跟着我们一起参与各项活动的同学，来参加现在的吃饺子，聚餐，穿插些歌舞的活动。从我来说，这算是执行了组织上关于团结群众的任务，但老实说，我并没有真心实意地找过其中哪位好好谈谈心，也向他们交交心，没有，一次都没有，一个都没有。归根到底，我是脱离群众的。而我可以自辩，组织上只有一般号召，并没具体地、确切地把任务分配到人。

离开校园里的团团转，回家后我还有自己对自己的倾诉——就是写作。不仅是基于精神的需要，也成了每晚熄灯前的一个必经的程序。我不写日记，诗歌成了我的日记。

从现存原稿末尾的年月日看，我是在一九四九年一月二十五日，续完了十二月二十四日中断的长诗《乞丐们》。

这首诗得名于艾青一九三八年写的《乞丐》：

> 在北方
> 乞丐用固执的眼
> 凝视着你
> 看你在吃任何食物
> 和你用指甲剔牙齿的样子

这是我能背诵的少数诗作片断。像许多难忘的作品一样，它让我心目中的"人民"不再是抽象的符号，而是有血有肉、有哭有笑的社会经济现实中具体的人了。

每一次默念艾青这首诗，眼前就显现陇海在线荒漠的土地，随风扬沙一片灰茫茫的天地，在只有独轮车辙迹的地方，默默挪动着衣衫褴褛、扶老携幼的一群，他们是"田园寥落干戈后，骨肉游离道路中"的难民，是"桑柘废来犹纳税，田园荒尽尚征苗"的饥民……他们是我小时候在胡同里遇见的告地状的识字的人，更是我夜深人静听到的有如歌哭的乞讨的悲声……

于是我在灯下倾吐出这样一些诗行：

活路，几时从脚下走出来？／土地，几时回到佃户的犁耙下来？／流亡的人们，几时回来？

离了家乡的人们／正向落日走去／落日的下面／横着灰黑的城堞的影子／九月的尾梢，水样的秋风／追击着／单单薄薄的灯笼裤子……

你们／失去了土地／沦落为乞丐／走进城门的／中国的农民呵／在没有解放的日子／辽远的中国土地上／响过你们沉重的足音……／在长城里外，黄河上下，大江南北／在盐与酒的山西／在河北的邯郸，河间，大名府／在古香古色的开封／在淮水边沿的凤阳城……／你们结成饥荒的行列／向四方投奔／凄凉地聚散着／所有褴褛的人都是一家的骨肉／带着各方的泥土乡音／述说着各方的事故／跨过北中国的冀鲁平原／跨过南中国江淮冲积地／向那有着崇楼峻阁／豪富园林的城市走着／而城市正以无数冷酷蔑视的眼光掷向你们／无数落井下石的手埋伏在陷阱边／无数条死路，无数高墙等待你们去碰壁而春天更是残酷的／布谷鸟像含泪的眼睛／掠过城镇的上空／哀伤地询问，并且鸣叫着／告诉土地和土地的垦殖者／到了春耕的时候／而蜷缩在异乡的一角／有如片片蜷缩的落叶的你们／以饥饿的眼／茫然望着脚下／没有一寸针尖大的土地！／胸腔里充满愤懑／掏出来是一片说不出的空虚！你们静静地舔着心上的伤口／抚摸着身上的痂痕／执拗地怒视／喧哗的街道／陷入胡须的眼睛／放射着不驯你们／在街头睡去／当黄昏灯火惺忪的时候／当夜深结着霜花的时候／当朝霞出来／你们忽然惊醒／从背上翻去一座沉重的山／喊着：这才是我的家乡……哦，你敢是梦见了什么？／梦见了家乡／杨树林的风光？／梦见了老渡头／流水活活地歌唱？／梦见了成串的山里红／套在孩儿们的脖颈上？唉唉，在南方，在北方／在黑暗统治还继续的地方／我多么熟悉你们／像熟悉我自己／

我多么熟悉你们的梦 / 像熟悉我自己的梦呵

但在"黑暗统治还继续的地方",在破碎的土地上,一切的好梦都要破碎的。在特定的语境,我只能把你们叫乞丐。艾青笔下是一个乞丐,我看到的是"乞丐们"。我还看到了他们于乞讨之外的反抗:

固执的硬汉子 / 头发像马鬃一样竖起 / 我是要饭的出身 / 可不是手背朝下,用膝盖走路的! 曾经多少次 / 在严酷的刑讯中 / 晕死过去 / 仍旧像一块铁,没有口供 / 怒视着怒视他的刑吏 / 詈骂着詈骂他的法官 / 忠实的血液从伤口流出来 / ——一个响当当的好弟兄!

在没有法治,滥施刑求的地方,"怒视着怒视他的刑吏,詈骂着詈骂他的法官",也还是"我们有绞死绞刑者的绞刑,我们有颠覆阴谋者的阴谋"(《金菩萨》),"我们要在死路里走出活路",但个人反抗毕竟是无效的。终于,"我们的队伍来了"!

当炮弹惊起了黄昏的鸟群 / 你说 / 打雷就要下雨了 / 乞丐们呵 / 抬起你们的头吧 / 直起你们的脊背吧 / 睁开你们的眼睛 / 放开你们的喉咙 / 舒展你们紧缩的心吧 / 在新社会 / 你们将永远永远 / 离开乞讨的生涯 / 你们将容光焕发地 / 哼着歌曲 / 来往于工厂和宿舍之间 / 乞丐们呵 / 收起你们凄凉的歌吧 / 永远不要挂在人类嘴边了 / 只是要把苦难的经历 / 告给你们快乐的儿孙 / 叫他们像听神话 / 眨着小眼睛 / 诧异他们的祖父和父亲 / 有过这样的身世 / 乞丐们呵 / 我要改变这样的称呼 / 亲爱的父老兄弟姐妹们 / 流落城市的破产手工业者 / 和流亡的贫农雇农们 / 这样的日子到了 / 自由和幸福

来到我们头上 / 让我们把手放到额边 / 祝福的敬礼 / 解放的敬礼！
此刻 / 你们双脚站立的土地 / 已经是我们自己的土地 / 蓝天上飘荡
着 / 解放的红旗，我们的歌声 / 歌唱这 / 像许多红色城市一样 / 又
将和更多祖国的城市并肩的 / 解放了的 / 人民的城池！……

　　我从一九四六年以散文小品练笔，一九四七年起写了大量新诗。
到一九四八年末开笔的这首长诗，继《金菩萨》之后，立足于城乡矛
盾和贫富矛盾来为流民呼号，可以说是我这个"从旧社会来的知识分
子"在"旧社会"呼号的尾声了。那时候还没读到毛泽东《湖南农民
运动考察报告》《中国社会各阶级分析》一类文件，更没有全面系统地
钻研中国农民问题，仅凭感性，洋洋洒洒近千行、上万字画了这幅《流
民图》，是不堪从共产党的理论和政策高度稍加分析的。我有自知之明，
从未想在"解放了的中国"替它找地方发表。但它确实是我生平第一
个写诗旺期的一个小结，可从而窥见我当时的思想水平，尤其是对社
会认知的局限，也许有些参考价值，故多抄引了一些，怕占篇幅，不
按一般新诗体例分行。插句题外的话，九十年代思想文化界揭橥中国
两千多年来始终存在一个"游民社会"的王学泰先生，若是审读这首
拙作，不知会首先看到我对游民阶层自发斗争的歌颂，还是看到我对
失地农民和进城农民工的同情？

2015 年 7 月

伴我少年时

　　——为《外国文学评论》作

　　我的童年是寂寞而压抑的。一九三九年我上小学一年级的时候，我居住的古城北平已经成了日本人信马由缰的世界。属于我的世界只是学校的教室和自家的院落。不过，说实话，我那时还不知道外面的世界是什么样子。那年夏秋，天津"发大水"，不知怎么我总以为天津在北平的西北方向呢。

　　走出我的小世界、走向外面大世界的第一站，是大人国、小人国和鲁滨逊的荒岛。"小人书"上的虚幻世界，一下子来到身边，于是我匍匐在院里的草丛中，也幻想那是蛮荒的榛莽了。那时候根本不知道斯威夫特和笛福为何许人，更不解他们歌颂和宣扬、暴露和讽刺的是什么；读到原著是很久以后的事。

　　为了我童年时代隐秘的惊喜和慰藉，我感谢那些把外国名著改编成儿童阅读的连环图画的先生；正如我回忆中许多难忘的歌曲，是为外国优美的民歌或名曲译配甚至改配了歌词，而词曲浑然天成，这是费了心血的。虽然我不认为这是向孩子作艺术启蒙的唯一途径。但让孩子尽早地略窥世界文化的珍藏，可能比吃中外合资企业生产的饼干重要得多。

青鸟、水婴孩、匹诺巧（现译为皮诺曹），伊索的山羊、乌鸦、狐狸……从课外读物，从课本，从老师的讲述里熟稔起来。我还记得美术老师王善甫（王宝初，现健在，已是八旬老人）讲《汤姆·莎亚历险记》，一开始把眼镜拉下来，模仿老祖母的表情。

育英小学有一个"儿童生活园"，有一壁图书开架，二年级以上可以凭证借阅。管理图书的郭宗渊先生十分和善，我几乎天天去换书也不发怵。换书以后，还总要在装有"万有文库"的玻璃柜前流连一会儿，那是不对学生开放的，我从书脊上记住了《黑奴吁天录》《块肉余生述》这些古怪的书名，直到读过郑振铎编著的四大本《文学大纲》，粗知了世界文学的轮廓，我才一一弄清了我这些外国朋友——作家们在文学史上和书中人物在典型画廊里的位置。

我和这些忘年朋友的相识相交，各有不同的际遇。比如雨果，那时候译作嚣俄，谁知道什么叫嚣俄！有一次在一本文学刊物《中国文艺》上读到招司编的独幕剧《银蜡台》，听说是根据嚣俄《悲惨世界》的开头改编的，唤起我对冉·阿让命运的关注。嚣俄的名字被我记住，招司的名字也记住了；五十年代他写过一首有名的歌词《全世界人民心一条》（瞿希贤曲），后来就再也不曾见到了。

尽管成年人读书，也有"读《三国》掉眼泪——为古人担忧"的，但一般说来，没有比孩子读书更以全部感情投入的了。不论是图画为主的"小人书"，还是故事、寓言、传记、小说，常常要设身处地，"假如我是……"只凭感觉，不硬"分析"，而且是纯粹非功利性的——不为应付考试，不为学习写作，只是打开书页，环顾世界上各样的人们在怎样地生活。读《十五小豪杰》，便一同颠簸在海上了；读《侠隐记》，便也神出鬼没、智勇双全了……

那时候读外国文学，没有高人指点，偶然得到什么就读什么，不像读国内现代文学作品，从课本，从口碑，先有了鲁迅、巴金、冰心的名字在心里。因此我之所读，不都是第一流的、永垂不朽的。但留在印象里深刻不磨的，却总有其缘故。而像辑译美国畅销小说文摘的如《女人们的故事》，看过也就忘了。

路易莎·楣·阿尔柯特的《小妇人》，是假期在炉边读完的。也是启明书局排印的行距很小的版本，密密匝匝的，读来却很顺畅，或许因为我们拥有的也是大同小异的这样一个小家庭，而感到亲切。那小康之家的温馨气氛，回忆这段时光的些微惆怅，久久地萦回在我幼小的心里。它的续篇《好妻子》《小男儿》对我就没有这样的吸引力了。

我的哥哥姐姐长我五六岁，已经是中学生，我们一起读书，一起议论。亚米契斯《爱的教育》中每月讲一个震撼人心的故事；哥哥曾经把其中《少年笔耕》（新译叫《佛罗伦萨小抄写匠》）等两三篇改编成剧本，我们就在书房里扮演着玩。——那时候，我们还扮演过孔乙己，我们读得起劲的书还有从书摊租来的《联镖记》《蜀山剑侠传》。我们自己的世界也是多元的。——由此我倒联想，不但大学，中小学也是可以有校园戏剧的，如果不让所谓正课和作业占据了全部课余时间的话。

各种各样的文学作品包括外国文学作品，助长着我们的想象力，磨炼着我们的感情和意志。都德的《最后一课》，莫泊桑的《羊脂球》，最能触发我们偷生于日本占领下的亡国之痛了。而从一本名为《吾友》的非文学周刊上偶然读到一篇《茑萝叶子》（欧·亨利作，现译为《最后的藤叶》），则从深心幽隐处唤醒一种甘愿为别人的幸福而献身的情怀，尽管还是朦朦胧胧的。前一类作品的效果该是所有论者都承认的，以为合乎逻辑的；像后者，那老画师在风雨之夜去为病中的姑娘添画一片不落的藤叶，因冒风寒染恙而死，远不算英雄行为，不算壮烈的牺牲，这个情节在一个中国孩子身上的影响，恐怕是看透世事、玩世不恭的欧·亨利怎么也想不到的吧。

童年是短暂的，少年更其短暂。那只是一九四五年暑假战争结束到一九四九年初北平易帜，短短三年多的时间。希望、失望，和平、战乱，大起大落中睁眼看中国、睁眼看世界，有所困惑、有所追寻的岁月，这使包括我在内的一代少年早熟了。

学校里有公开的和半公开的读书会，读公开的、半公开的书刊以至禁书。我有了更多读书的朋友，也有了更广阔的读书的眼界。这时候我读了鲁迅单行本杂文集的大部分，也囫囵吞枣地读了他译的果戈理的《死魂灵》，牵肠挂肚地读了他译的班台莱耶夫的《表》，以及爱罗先珂的《桃色的云》等等。

我在涉猎外国文学作品时，居然采用了"瓜蔓抄"的老法：由鲁迅而知《域外小说集》，遂知有《乐人杨柯》《灯台守》，因郑振铎《取火者的逮捕》而知去寻觅希腊罗马神话故事，因果戈理而知普希金，戈宝权译的《普希金文集》向我展示了一个雍容、潇洒、蕴藉，但没有中国读书人酸气的俄罗斯才人。

大约是一九四五年秋天一个风雨黄昏，我第一次读到以苏联反法西斯战争为题材的小说《虹》，瓦西列夫斯卡娅著，似是中外出版社出版。我一口气读下去，竟没有吃晚饭。一个女游击队员被纳粹匪徒抓住后，逼迫她在冰天雪地中赤足跑步，我为之惊心动魄。我所读过的外国文学作品所潜移默化形成的人道主义精神，面对社会不公正现象的正义感，弱小民族和一切被侵略、被压迫者的同仇敌忾，还有混杂着宗教感情的对美好社会的向往，在这个画面前通通调动起来，沛然于我胸中了。

加上巴金《俄国社会运动史话》、蒋光慈《新俄文学中的男女》（我想是这本书，因为我拿到的既无封面封底，亦无书脊，更没有版权页），使我神往于俄罗斯深厚的革命传统和文学遗产的同时，也神往于苏联社会和文学的崭新现实了。因此，早于一九四九年在全国范围号召"走俄国人的路"之前，在外国文学阅读上，我，可能还有一代文学青年，已经向俄罗斯和苏联文学倾斜了。——我觉得，不但罗密欧与朱丽叶自囿于狭窄的私人感情，就是《汉姆蕾特》《李耳王》《双城记》和《夜未央》也离我们太远，而神话里把心捧出来燃烧照路的丹柯，小说里义无反顾地勇敢赴死的奥列格，以至于歌曲中珍藏着忠贞爱情的卡秋莎，才是亲近的、可以生死相托的朋友和同志。

于是，《钢铁是怎样炼成的》（段洛夫的译本），《青年近卫军》（《苏联文艺》连载的初版本），《苏联卫国战争诗选》（林陵等译，时代出版社出版）……成了我们的文学经典。在学生公社的会上，我们朗诵袁水拍《寄给顿河上的向日葵》："哎！你顿河上的向日葵，你这肖洛霍夫的心爱，葛利高里曾经坐在你的翠绿的叶子底下，和他的婀克西妮亚谈情……"那时候我们是把顿河、伏加河，以至肖洛霍夫《静静的顿河》这部小说都当作那片实验着一种新理想、新制度的土地的象征的。在后来的日子里，我更多地了解到一些作家如高尔基、法捷耶夫生平中的憾事，他们意识和行动的矛盾，他们精神世界内部的矛盾，但我无法改变少年时代读高尔基、读《青年近卫军》时就已植根的对作者的感情。

对屠格涅夫也一样。我因他对年轻的杜勃罗留波夫的冷漠而为后者愤愤不平，但我仍然原谅了他：我曾经那么倾心地浸沉于《猎人日记》（耿济之译，文化生活社出版）之中，不知多少遍涵泳于他构筑的世界中，随着他走过广袤的原野、森林和许多庄园、驿站，甚至模仿《白静草原》也写了一篇几乎同样篇幅的散文，自然那主人公不是流浪的孩子，而是投奔解放区的年轻人了。这幼稚的习作并不使我脸红，这是我默默献给这个写了《罗亭》《前夜》和《初恋》《春潮》的忘年友人的心香一瓣。

这些不同国度、不同年代的写书人和书中人，与我相伴，共度了我少年时代那动荡的岁月；而且以他们的声音、他们的形象、他们的情思启发我用笔来抒写自己的所感，所想，所见和所闻。

我那时候开始尝试写作。我感谢那些深入我心的作品——我的经验告诉我，凡是好的文学作品，总是使人向上，促人思考，帮助你勇敢地面向生活，让你不但爱自己，而且爱跟你一样生活在这世上的人们。对于像我这样的人，还总是唤起我模仿的愿望、创作的愿望。有的在当时，有的在以后。我当时写了《给伏尔加河船夫》诗，那是对俄罗斯十九世纪文学、对列宾名画《伏尔加纤夫》的回应；我写过《狐狸先生传》（未发表），则是学习用伊索的眼光看世界。直到八十年代初，我写了十二行的短诗《最后的藤叶》，上距我初读欧·亨利的同名短篇已经三十多年了。

一九四九年以后，我在小时候读书的基础上扩大了阅读的范围，如都德，过去只知道《最后一课》，从旧书肆又买到《磨房文札》，仿佛老朋友，原先一面之缘，印象很好，有机会更多地对话，相交更深了。不过，在长达三十年的时期里，所交往的以百年前的朋友为多，这大约不只是我一个人的经历。

值得赘一笔的，是我也读了一些外国人写的文学史、作家论以及其他理论批评文字。我以为写得好的，都是亲切如对谈的，有论者个性特色和独到见解的，因而能于阅读交流中默默地激活创作心理机制的。我说这一点，只是为了说明，不管陈义多高的所谓理论，如果让人读后沮丧泄气，把创作情绪破坏得一干二净的，一准是坏理论——无理之论或强词夺理之论。我自己屡试不爽，不知别的从事写作的朋友有没有类似的体验。

1992 年 1 月 20 日

杨振声先生的佚文:《致不知姓名的先生》①

致不知姓名的先生

编者

先生:

您用"打入地狱"的英文字眼和气愤的语气（我还可以说几乎是使人心惊胆破的），原意自然是侮辱的成分多于责备；但是，先生，我诚心诚意的在这里表示我的感谢:咒骂往往比赞美更是出自关切，虽然您的不具名和那显而易见的不耐烦似乎矢口否认这个"软软的"情分。

像您这样肯坦率表明对某篇文章不满的读者，使一个刊物（知）所警惕，使它时时刻刻提醒自己，更努力尊重自己，更谨慎

① 《致不知姓名的先生》刊于 1948 年 2 月 29 日北平《经世日报·文艺周刊》第 86 期。

的选择稿件；这样的读者，是它最可贵的朋友。先生，假如您不嫌厌烦，我愿意重说一遍，您掷上来的轻蔑和因而泛起的惭愧，已经在幸获哲友的欢欣下全部淹没。

从您的笔法看来，虽然您的性子那么猛烈，您一定是位能够了解别人的人，只要您愿意。我不妨先谈一谈编辑这样一个小小周刊的技术问题。摆在您面前的，只是六千字的篇幅，每星期又仅出一次，照理似乎应该可以专印最上选的作品，我想您一定这样想。先生，事实上困难多得很。富人的金钱能吸引更多的金钱，而穷人有数的几文又却永远着了魔似的往外跑，恶性循环的结果是穷人越来越穷。先生，因了社会上这个需求（假定文艺的存在证明人家需要它），一期期稿子发出去，都是经过一番辛（苦）的。随便举个例子，您就可以明白了：短篇小说分期刊载，谁都知道不是上乘办法我也恨，但是这一期就有"待续"——您说难道我做自己厌恨的事情是心甘情愿的？

生活的重担究竟使（人）多写还是少写，我一直不能确定，但是从一般的情形看来，至少它是压住了许多写文章人的心情。编辑这个周刊，取文向来不论派别或色彩，最欢迎的是投来的稿子，但是真正能归入"文艺"类别的文章，实在少得使人难过。

您指责的那位写短诗的先生，在本刊已是第三次发表作品，想来您不是不知道。这一次，诗确是弱了一点，我承认（并且当时我还无可奈何的觉得对不起另一位颇为爱护本刊的诗人）。可是，不知道您起初看到他的短诗的时候，有没有我第一次接到他投来稿子时候的印象：并不是完善的艺术品，但是作者还能够用短短的几句表现出一个意念，一个感触，或是一个情绪。新诗，目前正在一个最可怕的一切尚未成形的混乱阶段。妥帖稳当韵味动人的像林徽因先生的诗，似乎不是毛手毛脚的后起者在这个嘈杂无比的时代里可能追上去模拟的；结实有力气势吸人的像穆旦先生的诗，确实用他的巧妙教了我们"诚实是最好的策略"，但是它本身仿佛还欠了那完工的一笔；跳过许多步，试看风靡一时的马凡陀山歌，它实在代人出一口厌气，读了心里舒服，但是拿来当作艺术品看，恐怕连作者原来也没有这个意思。这是我随意提出几位一时想到的写诗的人，根据我读过的几首诗写一点点印象，不过要借了他们迥然相异的形式和风格，说明现代诗一方面没有大家遵守的格律，另一方面还没有大家既能尊崇又愿跟随并且有能力学习的一个或数个诗人，一种或数种诗。抛弃了古来的传统，又没有当代的标准，我想这正是一个泥土石块一齐倾下去的奠基的"过渡"时期。这位写短诗的先生，他确实还缺乏修炼，更重要的是往往不入深处，偶然还有近乎粗陋的地方，但是我认为他的短诗，枯是枯，还有生命成长，还有一点力（"有一点力量就是好的了"，闻家驷先生说得不错）。我认为，他如果获得鼓励和练习，可能有些成就。先生，我请您再看一遍以前的和这一次的，把您的尺度稍稍放宽一点再估估价。

话说回到刊物来，我有个意见。先生，假如这个小小周刊办不好，第一个该骂的人自然是我，编辑的人，但是第二个该骂的，就是您，因为您有眼光有主见，却不愿意屈尊给我们更多的帮助？您为什么不赐稿子给我们？

我们希望能知道您的名字和通信地址，可以每期寄单张给您，获得您的意见。假若您还是宁可隐名，您的批评也还是欢迎，如愿发表，写成篇章，不论褒贬，一定尽量登载。

说明：

1

这一封公开信，是一九四八年北平一家日报——《经世日报》的《文艺周刊》编者写的，实际上是对那位匿名来信者——"不知姓名的先生"的答辩。匿名先生出口霸蛮，但从他能用英文诅咒"打入地狱"云云，可知并不是所谓粗人。面对来势凶猛的辱骂，看我们的编者气度从容，语态委婉，而说事说理，滴水不漏，却冷静得没有一丝火气，好像面带与人为善的微笑，无论当时或今天的读者大概都会信服其诚，而今天的读者更会问："答辩的文字还能这样写？"因为我们久已不见这样的文风了。

这是一种高贵的文风，细心的读者会从字里行间感到它带着英国随笔（essay）的味道，优雅中透着幽默。从而问，这位编者是不是口里衔着烟斗写的？

如果不拘泥于对编者先生所辩护的那个年轻诗作者一节，就会发现此文的眼界颇为阔大，议论所及，竟盱衡"五四"以来新诗发展的全局，在举例中对穆旦和马凡陀这样影响突出的诗家，竟也不吝直言其短。而扶掖后进，寄托着厚望。

这种风度，这种胸怀，承袭着一九一九至一九四八年三十年间"五四"新文化的文脉。看看他描绘新诗创作现状说，"我想这正是一个泥土石块一齐倾下去的奠基的过渡时期"，这个"奠基"的形象比喻多么贴切啊！

即使单就编者与作者、编者与读者（包括骂上门来的持异议者）

的关系和所持态度来说，也启示我们该好生想想。

2

我保存了这篇署名"编者"的文章。

为什么保存？因为文中为之辩护的那个年轻作者就是我。

一九四七年秋，沈从文、周定一主编的《平明日报·星期艺文》连续刊出我的诗。这是我的新诗习作面世之始。这鼓舞我继续像写日记、手记一样大量写了分行的思绪。年末一时兴起，抄了几十首短诗（"一个意念，一个感触，或是一个情绪"），总题《长短句选录》，投寄给北平《经世日报·文艺周刊》，这家周刊标明"杨振声主编"，地址为"北京大学图书馆"。在那之前，我最先是径向沈从文先生投稿，后来跟周定一先生接上头，但我不能总向一家"倾盆"，于是又投寄杨振声先生。当时是初中二年级的学生，见闻有限，只知道杨先生是跟沈从文一样的西南联大教授，更是首先回北平为北京大学回迁打先锋的总负责人，也听说他早年写过"五四"后第一个长篇《玉君》，但没读过。却根本不知道他既是"五四文学"的先进，更是教育界的前辈，二十多年里任过多家大学的教授、文学院长、校长。他复员北归后，平津多家大报邀请他开办文艺专刊，他行政事务缠身，哪里顾得上？于是转请沈从文、冯至等先生分担，他只管了北平的《经世日报》这一家（这就是一九五一年高校"知识分子思想改造运动"中他被指为"学阀"，并说他和沈从文"垄断了平津的文艺副刊"的缘故）。

我寄给东城沙滩北大图书馆转杨振声先生的稿子，很快就见报了。先后在一九四八年一月四日、二月一日、二月二十二日，分三次发表，共计四十五首，占了不少版面。最后一次诗中，就有那首现在偶尔被人提起的：

从地狱出来 / 便不再有恐惧, / 如摈绝了天堂 / 也便永远不回去。

——要这一股 / 倔强劲。

大概正是这二月二十二日第三次刊出我的一批习作, 惹恼了那位"不知姓名的先生", 使他忍无可忍了。从这一天起, 到二月二十九日刊出编者答复的公开信, 只一周间完成了挑战——应战的一个回合, 足见双方都是实时反应, 十分迅捷。

后来, 那位骂架的先生偃旗息鼓。再无下文。

三月二十一日,《经世日报·文艺周刊》又发了我一篇故事新编体的散文《滟滪堆》; 同一版还发了由五首"十四行体"(sonnet)组成的《也许》一诗, 署名华滋, 比我的作品成熟得多了。这样的版面安排, 我以为颇具匠心; 对前事是一个呼应, 一种平衡; 对我个人, 则既有鼓励又有鞭策, 或者兼有抚慰和压惊的用意?

3

我的习作在此面世不久, 就收到样刊(是另印的单张), 以及稿费。有经办人附笔署名金堤, 我在平津两地报刊上见过他的译文和译诗, 还有英美文学的研究文章。从周定一先生处听说金堤是北大外语系的英文助教。我想他该是作为主编杨振声的助手; 许多年后, 听冯至先生说, 当时曾协助杨先生处理编务的还有跟金堤在外语系同事的袁可嘉。不过, 那时只有金堤跟我联系过, 虽然一直没见过面, 十分遗憾。

二〇〇九年, 金堤先生在美逝世, 我读到他生前友好们的纪念文字, 不禁忆起六十年前往事, 特别是使我感念不已的那篇署名"编者"

的文章，我说我猜此信是金堤所写，"因为杨振声先生的文风不是这样的"。现在看来，这句话是说得过于武断了。

所以武断，是因为"想当然"。多年来我是怎么"想"的呢？我几乎没有读到过杨振声先生的什么文章。从报上看到他是北大和北平文教界知名人士，新闻人物，上层会议和社会活动有他的身影，大学师生群众性集会上他也经常发声，包括联署支持学生运动的声明。以我后来的经验框套，像他这样的高年、高位，活跃在场面上，又忙于行政工作，哪里能亲自看稿，安心撰文，所谓主编，必定只是挂名的，有金堤这样的助手，就是证明。

一个当年十几岁的后生小子，揣度一位生于清末，又长期从事教育行政的老先生，潜意识里就认为，像《致不知姓名的先生》这样游刃有余的俏皮文章，不可能出于他的笔下。而年轻一辈如金堤，熟谙英语文学，能替他捉刀应对，是顺理成章的。

我还曾把这一猜想写进别的回忆文章。直到二〇一六年二月，在《我死过，我幸存，我作证》（作家出版社，二〇一六年七月）加按语说明：

> 近读二〇一五年版《杨振声年谱》，列入《致不知姓名的先生》为一九四八年初所作。乃知杨振声先生虽将日常编务琐事委托门生，但并非不加过问，如现在某些名人之"挂名"然。

4

我的说明写到这里，好像已把事情澄清。但还不能就此结束。

因为，杨振声先生身后出版的"选集"，多没有收入《致不知姓名的先生》一文。我见所及，只有《年谱》挂了这么一笔。

二〇一六年四月，我通过杨振声先生哲嗣杨起先生（已故地质学家，中国工程科学院院士）的夫人王荣禧女士，找到《杨振声年谱》（学苑出版社，二〇一五年十月）的著者季培刚，就有关问题向他请教。

四月十八日我在火车上接到季培刚先生短信，他发来"文艺周刊"上杨振声作品目录，七篇署名文章计有：

《拜访》：《文艺周刊》第一期，1946 年 8 月 18 日
《批评》：《文艺周刊》第二期，（19）46 年 8 月 25 日
《被批评》：《文艺周刊》第四期，（19）46 年 9 月 8 日
《书房的窗子》：《文艺周刊》第五期，（19）46 年 9 月 15 日
《诗与近代生活》：《文艺周刊》第八期，（19）46 年 10 月 6 日
《邻居》：《文艺周刊》第十二期，（19）46 年 11 月 3 日
《拜年》：《文艺周刊》第二十五期，（19）47 年 2 月 2 日
以上七篇收入 1987 版杨氏选集。

另有二篇，一为《编者小白》，《文艺周刊》第三十五期，（19）47 年 4 月 30 日；一为《致不知姓名的先生》（署名编者）。《文艺周刊》第八十六期，（19）48 年 2 月 29 日

因知年谱著者从"选集"读到杨振声在所编周刊上的七篇署名文章，可能未见到选集未收之文。我便将《致不知姓名的先生》给他发去。

季培刚四月二十日复我，基本上肯定此文出自杨振声手笔：

非常感谢您，让我得以见到这篇《致不知姓名的先生》。

读过以后，感觉很可能是出自杨振声先生手笔，毕竟没有直接署名，所以也只能是推断。

别人回忆或评价杨先生时，说他谈话总是温和、含蓄、风趣、娓娓道来，让人如沐春风。他的文章也是如此，特别那些散文随笔、文艺和教育评论一类，大都是这种风格，即便批评也是风度翩翩，有理说理，绝不露锋，很绅士，不会有火药味。

文章中反复提到"我"，实际在一定程度上已亮出了身份，我看到的那份《经世日报》"文艺周刊"标题（刊头）栏中署着"杨振声主编"，没有其他人的名字。这篇文章虽然署名"编者"，而没署名"杨振声"，大约是因为他这篇文字得以"编者"的身份，而不是以个人身份来谈的。

杨振声先生的文章，从没有半文半白的文辞，他对白话文驾轻就熟，这篇也是一样。而我见到的那篇《经世日报》"文艺周刊"的《编者小白》，文字不多，是一个"按语"性质的文字说明，其中半文半白的文辞不少，甚至表述的都不那么通畅，这不是杨先生的风格，可以断定是出自他人之手。

杨振声先生对中国新文学的认识很透彻，把握得很到位，对于小说、散文、诗歌等不同文体的新文学的进展，向来了然于心，他其他的文艺评论中也往往谈到这些问题。这篇文中，对当时您的诗作给予了非常中肯、贴切的评价，当时其他年轻编者不一定能做得到或做得好。

另外，杨振声先生在北大上学的时候，最初就是英文系，后来改到国文系。从美国留学回国后，还曾任中山大学英吉利语言文学系的教授，在中文系也讲过外国文学，特别在英国文学方面学养很深，他的文章常常是透着英伦风调的。

季培刚的"推断",实际上回答了我最初揣测为金堤代笔的可怜的依据。由于这篇公开信,纯然白话,又浸润着英国随笔的笔调,于是无端地认定不可能是像杨振声这样的老学者所为。只能说明我对杨老那一代人的隔膜,他虽生于十九世纪末,但于"五四运动"发生当年的一九一九年从北大毕业时,已经是参与《新潮》创刊和编辑的第一代"五四"学人;更不用说他在哥伦比亚、康奈尔和哈佛大学研究院进修心理学、教育学的学历。

把这些搁在一边,看看"年谱"中引用的片断文字,如一九四六年写的《邻居》:

> 抗战后回到北平,满想租所房子,安静工作。可是稍为可住的房子,都被强有力者占领了,你只能住住学校的共同宿舍。人家孩子吵闹是在你自己的院子里,人家的笑语是在你自己的屋子里。一切分不开,声音尤其是一家。你终日在杂音中游泳,在不断的声浪中挣扎着拯救你那将溺的理想。

这不是在一片白话(而不是言、文混杂夹生)中显示了散文的功力?

再看看杨振声一九四七年十月三十一日写给在昆明的女儿杨蔚夫妇的信中,谈他"生活在每一分钟里"的人生哲理:

> ……我们最大的敌人是自寻烦恼。想来苦恼已多,不必自寻;应当想法解放自己,不作苦恼的目标才是。比如穷吧,有个和尚说过:"老僧去年贫无立锥地,今年贫得锥也无。"我想这最妙;锥子都没有了,还要那立锥之地干什么?其余一切,也都可如此看。

最近大家又多为将来不可知的命运烦恼，这在如此时代，情过且过所不免。但我想，如果那个命运不可避免，想也无用。现在的苦恼替代不了将来，只是把将来的再加上现在的，使苦恼更多更长罢了。我的看法，是生活在每一分钟里。就使下一点钟有灾难，从现在到下一点钟，到底还有一个钟头。我还要看书看画，玩山玩水，不使这个钟头白过了。这个看法，我想丽儿一定喜欢。

这里表述的生活态度，看似消极，其实积极，看似无奈，其实乐观。这种魏晋文人式的旷达，实际通向了《致不知姓名的先生》的宽容，精神贵族道德上的优越感俨然可触。

我以上述的理解，落实了季培刚的"推断"。他指出这封公开信署名的"编者"，屡以单数第一人称出现，证明这是杨先生自己的口吻无疑；还有为什么不直署本人姓名而用"编者"的名义的解释，我也是赞同的。我再补充一点，即金堤和袁可嘉，与信中论及的穆旦、马凡陀（袁水拍）都属于青年同辈，在当时情况下，如果由他们执笔指摘这两位诗人作品的不足，是不会像现在这样直截了当的，这也从一个侧面证明此信出自老成之手，尽管杨振声先生当时不过五十七足岁呢。

《致不知姓名的先生》，是杨振声先生一篇值得重视的佚文。

2017 年 5 月 10 日

读《周思聪与友人书》

　　这一百四十二封长短不一的信，都是画家周思聪从一九八〇年到九十年代初期写给挚友马文蔚的。周思聪（1939—1996）死于五十七岁，短短一生特别是成年以后艰难的生存，使她在四十岁出头就说出了"我无论如何不想长寿，能活六十岁就谢天谢地了"这样感伤的话，谁料竟一语成谶。她永远没有假期，直到死才得休假。

　　周思聪是一个沉默寡言的人，她是在中年（却不幸成为她的晚年）结交了马文蔚这个从未向她索过画的朋友，也许因为是同龄人，更多的是心有灵犀的同气相求，成为无话不谈的知音，同住京门，但见面不易，她们便在信笺上互相倾诉和倾听。

　　马文蔚珍存的周思聪来信，在八十年代前期最为集中，一九八三年有三十一封，一九八二年竟有四十封，那时周思聪虽也疲劳苦恼，有一次快一个月了，无法动笔，还要面对墙上一大堆索画的条子，而"无数件琐事像许多砖块，团团围住。有老人、孩子和病号拖住，不忍逃走"，但她自己还没被病魔缠住。后来类风湿闹得手指僵直，浑身疼痛,雪上加霜,她就不止于精神的挣扎了。

然而,周思聪正像我们在她的画作中体会到的,她执着地热爱生活。患病后有一年二月,她在信上写:"春天又悄悄向我们走近了。这回能留驻几天么?或许。"接着她写:"有人说,人生就是匆匆忙忙向墓地奔去。我不想这样生活。"

她想要的是什么样的生活呢?反正不是她每天寝馈其间的生活。对后者,她在信里留下这样率真的描述:"生活是多么奇特又捉弄人,人们真是可笑,活在世间忙忙碌碌,凭着小聪明,得名又丧格,自我感觉那么好,还有人愿为其牺牲,而又有人怀着大智大勇进了棺材,于是另一些人假惺惺哀悼之后,又兴致勃勃去干害人的勾当去了。怀着鬼胎,又彼此文明地招呼着。只有孩子做不出,可他们将会长大。""我自己也弄不懂,有时觉得周围的一切都美好,有时又觉得那么糟,好像四季的轮回,我的心境反复无常。有时觉得一切都无所谓,有时又是那么在乎。"

这些袒陈可以说是"原生态"的,不同于一切学习会上的发言和一切表态的套话(这些她不会说)。这反映出她灵魂中真实的矛盾。

她灵魂中的矛盾缘于现实生活中的矛盾。她在八十年代初到凉山去,看到了跟画报上一味"载歌载舞"全然不同的彝族同胞的生活。离开后,她说,她的魂依然在凉山飘荡,就在那低低的云层和黑色的山峦之间。白天想着他们,梦里也想着。"我必须试着画了。当我静下来回味的时候,似乎才开始有些理解他们了。理解那死去的阿芝,理解那孩子的痛苦的眼睛,理解那天地之间阴郁的色彩。"想象不到的是她的思路一转:"他们都是天生的诗人,他们愚昧、迷信,有时样子还使人害怕,他们过着和畜生一般无二的日子。但他们是诗人。他们日复一日平淡无奇的生活,他们的目光,他们踏在山路上的足迹,都是诗,质朴无华的诗。"请彝族的朋友不要挑剔画家急不择言的冒犯,这个画家这时是陷入了诗的思维，她的悲悯情怀却也让她接近了诗的真谛："诗不会在那漂亮的卫生间里，也不在那照相机前的忸怩作态里，那里是一片空虚啊。""欢乐很容易被遗忘，而痛苦就必然划下一个痕迹，永远留下了。在我还是'单纯得透明'的年纪时，有人曾批判我'有阴暗的心理'，当时我吓坏了。难道我是怪物？可是这'阴暗的心理'总使我看到那些不该看的阴暗面，……越是看到我的国家的苦难，我越是爱她，离不开她。"

大概正是因此，她蔑视伪善，嘲笑那被称为"扛鼎之作"的"马屁画"。也正是因此，她对罗中立的油画《父亲》的看法，就跟一些人不同。她在一个美协会上听到不少担任地方领导的理事指责《父亲》，说"丑化了社会主义农民"，"手上黑黢黢，这种愁苦的形象，还拿到巴黎展出，给中国农民抹黑"。而周思聪说："我看了《父亲》以后，发现感动我的，正是那些'抹黑'的描写。饱经辛酸的皱纹，含愁的善良的眼睛，污秽的手，那代表贫困的粗瓷碗……这一切使我想到我的祖国，灾难重重，至今她仍然贫穷落后，但她毕竟是我的祖国，我的父亲。我不会因为他手黑而感到羞耻，我知道，那是因为他刚刚还在泥土中滚爬，为子孙操劳。这样的父亲为什么就没有资格到巴黎？……那些口口声声不忘本的人，因为要那可怜的面子，可以舍弃艺术的真实。这就是'为政治服务'吧，可怜的政治。""无论如何，我关心的总是现实，最感兴趣的还是现代人的想法。"

她没有说到，在当时一堆不仅是为了"面子"的理由下，画家罗中立还不得不为"父亲"在耳根别上一段笔头。正像更早两年对首都机场一幅西双版纳壁画争议不休，最后为傣家的浴女挂上帷裙而告终。过来人都记得，这样横加干涉的闹剧不一而足。周思聪也记下两笔。其一是举办德国表现主义版画展览。开幕后，民族宫党委发现有不少裸体，立即召开紧急会，但也想不出什么可行的对策，又不敢撕毁合同，十分尴尬。当时美术公司做的维纳斯石膏像，也被公安局查询，说是要采取措施。不仅此也，徐悲鸿纪念馆开幕，主管单位文物局领导也是发现有不少裸体素描，当即下令这部分不能公开展出。美术界力争的结果，让步改为"背面及侧面的"可展，"正面的"无论如何不得展，云云。"他们分不清什么是艺术，什么是黄色。"在后来的岁月里，还是请出了毛泽东有关模特儿的一条语录，才平息了营营之声的。

这样令人啼笑皆非的事情也降临到周思聪的头上。她画了两个背柴的彝族妇女，日暮靠在山路边休息，随手题字"日出而作，日入而息"，一个画刊的编辑拿走了，下工夫查出了此语的出处，发现后面还有一句是"帝力于我何有哉？"按他们的解释是"皇帝也拿我没办法"，于是令她改题目。周思聪说："我只写了八个字，为什么给我多添七个？即便我也引了后面的一句，那我的理解是：我们靠自己终日辛苦劳作，不靠神仙皇帝，这难道不正是《国际歌》中的思想吗？"对这种捕风捉影的神经过敏，她只觉得可笑，"这种聪明的文字狱游戏，不知何时才能被人们感到厌烦"。

这是一九八二年底的事。在那之前，她在吉林出版第一本画册就引起一场风波，出版局的领导和一些"搞政治的"不同意发行，理由是最后关于上访者的几幅画是"暴露"的，另外一些人体习作和稍有变形的画也成了问题。在编辑力争下，官方通知全省新华书店：将《卢沉周思聪作品选集》跟《赫鲁晓夫执政的年代》一起，"因故改为内部发行"，原订数改为寄售处理，发到当年年底为止，售余部分退回出版社——是宁肯经济赔账，也要限制发行的了。周思聪不止一次在信里说她有不少事弄不明白，但她这时说了一句无可置疑的明白话："中国果真像一条巨龙，龙头稍微一偏，龙尾就不知要摆到哪里去了。"

周思聪对这类涉及自己的事看得很开，而且当时她认为这只是地方上一些做法，她把这个通知复印一份，交给她十分信任的北京画院院长刘迅，由他去向有关方面反映，"事情到此告一段落"，她说。

从她写给马文蔚的"私房话"里，看得出她从心眼里讨厌什么，就是足以销蚀生命和灵魂的本真的一切。"人们总喜欢锦上添花，而不喜欢雪里送炭。这种热闹，我毫无兴趣。"她厌烦老生常谈、表面文章，更不愿为这些耗去宝贵的时间。"时间的财富，你是自己掌握着，而我则被别人毫无顾忌地抓去扔掉，眼睁睁要变穷人了。""我来到世界上，总算是做了自己高兴做的事，人到老年，岁月所剩无几，都会十分珍惜"，但，她认为一个人一定不要吝惜"发呆遐想的时间"，"人生中发呆是必不可少的"，我想她指的"发呆"，应该就是独处中的省思，而她作为艺术家，还要有足够的时空任感情在想象中驰骋。需要寂寞，耐得寂寞；需要宁静，内心的和环境的："在噪音之中，花都不愿开，更何况人？"

在宁静中，她静观，她沉思，都近于物我两忘的境界。"好几天了，窗外一台打夯机不断地敲打地面，猫似乎对此有特殊兴趣，每次一开始打夯，她必跳到窗台上观看，神情专注，长时间守在那里不动。"她不是一样专注地观看那只猫么？"外面的雨下个不停。真不知天上何以有这么多水倾泻下来。雨中的一切都变得那么呆滞，只有几只勇敢的鸟穿梭般飞来飞去，不知究竟为了什么。"她又移情于飞鸟了。"这里气候凉爽，北京正值中秋。如果当傍晚时，有微风吹拂你们的窗帘，那便是我的问候。"只要给她片刻的安宁，她的画意中便能生出诗情。

周思聪自剖说，"我有点像出家人，总想生活在内心世界之中。似乎一切都将化为绘画语言，有时觉得一切都无所谓，有时又觉得什么都那么闪光、引人入胜。"她说，"我觉得自己不能像正常人那样思考，常与人格格不入。"也许是这样的，我替她举一个例："现在是清晨，车窗外已经是一派南国景色。夜里下过雨了，土地滋润，红绿分明。朝晖映在一簇簇农舍的白墙上，轻柔、舒畅。路上挑担的、背包的农民匆匆去赶早市。车厢里忙乱起来了。"请注意下面的场景："对面坐的一位年轻母亲在奶她的小儿。就是这个婴儿昨夜不时啼哭，声音甜甜的，令人神往。有人发出怨声，示意那母亲，他妨碍了别人的睡眠，我倒很喜欢听。这个小罪魁现在正美美的吮吸着乳汁，玩着自己的小脚丫。"对待一个婴儿夜哭的态度，区别了"正常人"和周思聪的不同，这应该不仅仅因为她是一位母亲，我以为。

有人说她孤僻，其实她只是耿介，不善随波逐流，当然更不会同流合污。她的是非之心少受功利的干扰。因此，在过了"单纯得透明"的年纪之后，她还能几乎是凭直觉来明辨一些复杂的现象。

如关于鲁迅，她对马文蔚说："对鲁迅我与你看法有些不同。我以为他的作品艺术感染力极强，他恰恰不能做政治家。他偏激，他搞不得政治。他又太仁慈，搞政治准倒霉。他说是横眉冷对，其实他最不善冷眼。他笔下的人物摄人魂魄。他的文笔平中见奇，最具中国民族的风度。我以为近几十年中，由于政治需要才把他的政治倾向极力夸大，这很遗憾。"

她对一些文学作品也有感觉式的批评，却往往自有其透辟之处。如说："《寻访画儿韩》文笔的确很好，对老北京也够熟识了。看后，我进而又想到，大概此小说颇符合目前的'精神'，因而上了《人民日报》。其中有，'连国家主席都挨整了，我们还算什么'之类的说法，毫无怨言，而不是像有些作品那样总是耿耿于怀，不想痛痛快快'向前看'，是不？"

她也并不总是落落寡合。大约在一九八五年夏，她参加深圳美术节后说，"美术节的全体工作人员都是小青年，效率之高，令人羡佩。此次美术节的宗旨是团结、交流、探索，凭着他们清醒的头脑判断，邀请的画家都是搞艺术的人，其中没有钩心斗角热心权术的角色，大家心情舒畅，交谈真挚。所谈问题触到深处，受益匪浅"。如果邀她参与的社会活动，都是这样围绕着她魂牵梦萦的美术，当然不会使她厌烦，而且会留下美好的回忆。可惜往往事与愿违。例如，也是一次讲课之旅，但到了县城就陷入重围："衙门里的风气，令人生厌。'招待画家'，大摆宴席、陪客如云，庸俗吹捧、言之无物，酒足饭饱、伸手索画。招待当然是公家出钱，画却落入私囊。这个部长、那个局长、那个馆长、这个所长……本来我打算给这个偏僻地区美术界同行们留下几幅画，却不能如愿。据说给了这些'长'们，对画画的同行们更有益，'长'们因此或许可以高抬贵手。然而我却对此十分怀疑。"

为什么怀疑？这从周思聪向马文蔚推荐一位中学美术教师的信上可知："二十年来，差不多美育是个空白。许多人，特别是青年，还包括不少领导干部，差不多都是'美盲'，不懂得什么是美、什么是丑。""这位普通教员却有一个抱负：要经他手培养出一百名考入美术院校的学生。据说他已经培养了这样的学生五十多名，还在为实现他的目标努力着。他的休息时间都交给了孩子们，经常带学生外出写生参观。这倒是个'平中见奇'的人物，你认为他是否有些意义，在当前？"后来她又在一封信里补充说此人是八十中的美术教师赵存理。不知马文蔚当时所在的传媒是否采访了这位赵老师，更不知可敬的赵老师是否实现了他的愿望？

马文蔚在序言中把周思聪这些信叫作"沉默者的心语"，我却愿说，对于陌生的读者，这是一个正直的知识分子的遗嘱。她厌恶说教，她更不说教别人。然而我们从这里认识了一个人，口吻如女中学生，却风骨凛然，我们再也不会忘记她。

2007 年 1 月 20 日

只要有一支笔，即使没处发表也还要写

"私人空间"，是包容广泛的。我这里只取其狭义，指个人业余可以由自己支配的空暇。比如鲁迅说他用别人打牌、喝咖啡的时间来写杂文了。

一个人从事一种职业，时间长了会得职业病。业余爱好的写作成了习惯，也一样。写作成了一种病，想写不得写，或写得不称心，就会积郁在心，睡不安枕，食也无味。爱好是"癖"，是"瘾（嗜好）"，积重难返就成病了。

我耽于写作，其实也只有几年，却已成了放不下的心病，不过没到沉疴不起的程度罢了。

开年以来，总想在写作上有一个转换，有一个突破，《唱吧，红色歌手们》像是呼唤别人，首先是砥砺自己。明知天空已是"解放区的天"了，但在国统区时积累的诗情，还有许多没有释放，怎么办？只有一泄为快，就是写出来。

于是七八月间写了《卖儿谣》。这首诗的缘起，得自金帆词、马思

聪曲的启发：卖儿郎，卖儿郎，儿郎价贱粮价涨……我把时间地点具体化了：

　　　　家有半颗粮，/ 爹是爹娘是娘；/ 家无半颗粮，/ 光景好凄惶。

　　　　儿的肚肠轱辘辘转，/ 爹娘肚肠一寸寸断；/ 五月里苦菜连根薅，/ 一纸文书连根烂。

　　　　天荒荒地黄黄，/ 不是爹娘没心肠；/ 东家老爷逼得紧，/ 小命顶上半斗粮。

　　　　儿你生来跟娘亲，/ 如今叫娘好酸辛，/ 泪水都朝肚里淌，/ 至死不能忘。

　　　　你爹吐血落了炕，/ 熬不过今晚上，/ 你娘没了指望，/ 死活在你身上。

　　　　活不了，死不成，/ 谁先走，谁后行？/ 谁卖谁的亲骨肉，/ 谁能不心疼？

　　　　你的亲生姐，/ 卖去十五年，/ 那年也是逃荒走，/ 咱家离开高碑店。

　　　　大户人家收粮米，/ 受苦人家卖儿女；/ 什么日月人吃人，/ 什么人领着人卖人？

　　　　你姐不大整十岁，/ 卖了出去回不来，/ 十年河东十年河西，/ 流水流啊流不回去。

　　　　好容易熬过十五年，/ 又把我儿顶了钱；/ 卖给人家听人使，/ 在人手里一张纸。

　　　　心肝心肝你别哭，/ 越哭越哭气不出；/ 雪上加霜一阵阵紧，/ 人越有钱心越狠。

　　　　临走把爹看上一眼，/ 灯油耗干没了亮；/ 走吧走吧，死路当成活路走，/ 怨就怨你的爹和娘……

在长达数百行的《哭长城》的开头，有三句题词：

> 年老的挨枪崩，
>
> 年青的拉了兵，
>
> 姑娘媳妇充了公……

这三句民谣是我从《平明日报》二版上各地新闻里摘引的。《平明日报》为傅作义系的报纸，这个民谣据说就在他的辖区绥远一带流传。反映的正是当地国军也就是傅作义所部荼毒百姓的路数。我还根据《平明日报》上一个国军士兵随意枪杀无辜的案例，写了一篇散文体小说，叫《太平愿》，就刊发在一九四八年六月《平明日报·星期艺文》版面上。今天的读者会觉得很奇怪，其实在"旧社会"这是常事。鲁迅的杂文经常在《申报》副刊上加花边刊出，那家报纸可绝对不"左翼"啊。

《哭长城》的叙事，是长城下、黄河边一对农民夫妇的悲惨遭遇，通篇用的是北方口语，学艾青当年写的《吴满有》，又适应短促的节奏押了大致相同的韵，转韵也较自然，是从孙犁的《山海关红绫歌》《小站红旗歌》和红杨树的《两年》借鉴的。而因篇幅长，怕一口气下来太沉闷，中间穿插了七言四句的歌谣体。末尾一首歌谣，写"长城倒了，日月好了"，受难的农民过上了好生活：

> 走到地边上猛抬头，／一片庄稼没尽头，／老玉米结下了金棒棒，／奔拉着红须颤悠悠。
>
> 谷子穗儿是大老鼠，／黍稷穗子小笤帚，／高粱眯眼笑眯眯，／青纱帐里藏下头牛。

春天耩地撒下种，／八月翻身好收秋，／一串串芝麻一串串油，／一串串山里红吃个够。

　　交下公粮还剩几斗，／喜在心头乐在眉头，／患难夫妻最长久，／恩爱黄河没个头！

　　到此，我的诗结束了对人民苦难的抒写，开始对工农兵幸福生活的歌颂。

　　《吴满有》是在延安文艺座谈会后，艾青转变诗风的第一次尝试。他采访了当时陕甘宁边区劳动模范吴满有，并以近似当地方言写成十分朴素的诗体。我在一九四六—四七年初读时想，"五四"后的初期白话诗，徐志摩等偶亦采取劳动人民如人力车夫的口气写过短诗，都不如艾青这首成功。这是当时的想法，不知今天如果重读，感受会不会如旧。只是因为胡宗南占领延安后，曾经绑架吴满有到南京，接见记者，广播讲话，说了些他们强迫他说的话，连累了艾青这首长诗的继续流传，也败坏了吴满有原先的令名。有些原来大力表扬他的人，转过脸来声讨这位昔日的劳动模范、土著农民的时候，走了题，说当时误把他捧红了，其实他走的是一条新富农路线，云云。一篙打翻了一船人，在边区响应号召发家致富的农民，特别是其中佼佼者成了模范标兵的，一下子都跌到"新富农"的陷坑里去了。

　　孙犁一向以散文和短篇小说闻名，诗写得不多，但篇篇有诗味。刚才提到的《山海关红绫歌》《小站红旗歌》都是进入天津这个大城市以后写的，字里行间洋溢着平头百姓由衷的喜悦和浓厚的人情味，归类可入"欢呼解放"的主题，却来自生活，没有公式化概念化的毛病。

　　红杨树的《两年》，则是两年多以前写的《寄张家口》的姐妹篇，而中间隔着一个撤退和收复的小沧桑。由于张家口地居冲要，在战后成为解放区政治军事中心之一，国共两党历次谈判中，国民党明确表示同意中共军队占有这个城市。国民党一九四六年九月发动进攻，十月十一日攻占张家口。

八路军忍痛撤退时，指战员们宣誓"我们是一定要回来的"。红杨树抛下他几年前内战乌云压顶时写《可爱的人哟，密约改期吧》的缱绻悲凉之笔，改唱壮歌，记录下"英雄且退张家口"后，念兹在兹，灭此朝食，辗转两年打回来的历史脚步。

孙犁、红杨树的诗都刊登在《天津日报》上，孙犁在那里担任编委，主要是管文艺的版面。那里的《文艺周刊》很有特色，让人想起三四十年代天津几家大报的文艺周刊。自然，时代不同了。但若干年间上面出现过的名字，首先如王林、方纪都是当代文坛上值得注意的人物，版面上有过一些关于他们作品的争议，也是当代文学史关注的事件或问题。

我在本职业务中处理的一些通讯专稿，在歌颂新政权方面，基本上都是用的新旧对比手法。我的《哭长城》也是这样的叙事，不过篇幅的什九给了昨日之哭，只有什一以今日之笑结尾，就是上引的几段四句头歌谣。

"新社会的文艺要以歌颂为主"，这已是我周围人们的共识。我这才发现写颂歌的难处，难在怎样不让歌颂流于空泛。"文章合为时而着，歌诗合为事而作"，配合时事，既起"鼓动作用"，又避免标语口号化，难了。而短小的诗歌所能叙之事，又要寓意深广，更难了。

搁下《哭长城》，我写了几首因事而发、略有情节的短诗，都嫌琐屑，自己也通不过，只有一首《我的表要快二十分钟》，虚构了把手表拨快二十分钟，以免迟到，并激励自己珍惜时间的"本事"：

我的表要快二十分钟／这不算怪脾气，因为我年青／我喜爱工作，我喜爱时间／我要把任务完成在时限之前

假如我参加大小集会 / 我提前二十分钟先到 / 假如我上火车站也会赶早 / 决不让车站的大钟嘲笑

假如有时我空暇太多 / 看看表我就赶忙去工作 / 二十分钟造成的紧张 / 布满我弓弦上的生活

时间这东西最快也最慢 / 这个狡猾鬼最长也最短 / 最可爱也最可怕 / 使人骄傲也使人可怜

我将走在时间的前边 / 快乐而骄傲地挺起胸脯 / 还是将被时间甩在后头 / 为失去了的时间而痛苦?

上夜班时提前来到十二点 / 早二十分钟迎接新的一天 / 更好的早晨有更好的阳光 / 我开始新的二十分钟的赶场

这首诗投寄给当时读者众多的《中国青年》杂志,没有刊出,想来是觉得有点矫情吧。林贤治在论及我当年一些失败的诗作时,曾经宽容地指出,他(就是我)"五十年代写了不少政治性很强的诗,多为颂歌之类,但在当时同类作品中,明显地看出他对诗美的追求"。但那都是刻意"做"诗。不管多么认真地构思,字斟句酌,终是没法把硬攀的诗美跟实用性粘到一块儿,更别说天衣无缝了。

2015 年 10 月 29 日

那遥远的磨坊

你知道我为什么忽然想起那遥远的磨坊吗？

那磨坊在德国的波茨坦，现在有许多中国游客去过，知道那是"二战"胜利前夕通过《波茨坦宣言》的地方，宣言确定了中国在战后的权益，至今常常被引用；人们想必还都逛了十八世纪腓特烈大帝建的无忧宫，捎带着无忧宫前不远的一座老磨坊。

磨坊的故事说来也简单，十九世纪时，威廉一世继承这座宫殿以后，发现前面那个磨坊碍他的眼，传话给磨坊主人，打算花钱买下来；不料（首先该是国王不料，而我们熟知君主脾气的中国人自然也不料）那磨坊主不干（似乎不是售价没谈妥，而是压根儿就不想卖），惹恼了国王，强行拆除。不料（也该是国王不料，同时我们现代中国人也依然不料，"太出格了"）那磨坊主竟把威廉一世告上法庭。又是不料（反正我是不料，不知威廉一世料到否）法庭依法判决威廉一世把那磨坊重建起来，并赔偿磨坊主的损失。最后一个不料（光剩下我不料了），是普鲁士国王威廉一世竟服从法庭所判，且称赞法官的公正和胆识，说"此吾国最可喜之事也"。在我们这里要"戏说"才有的情节，一百多年前在他们那儿发生了；按我们的习惯，是批判这国王故作姿态，就跟批判某国某国搞"假民主"似的；其实掉过头来想想，做个姿态也好嘛，看他做的是什么姿态，"假民主"未必就比真专制还残酷？如果一直把"姿态"做下去，不是就弄假成真了吗？试想，倘若威廉一世他一抹脸，没等磨坊主告状，先就把人抓起来，或在诉讼过程中给法庭打个"招呼"，判那倒霉的原告一个"不予支持"，乃至"破坏秩序"什么的，至少"妨碍执行公务"的罪名就很现成；再如果法庭竟敢违旨，那就把法庭整个换班，把法官、磨坊主，还有辩护律师（如果有的话）通通抓起来，一个也不能少！那不也是一种"姿态"吗？

这后一种姿态，并不是我仅仅按"自己"的经验设想的。威廉一世是谁？是难得的闻过就改，又懂得以法治国的"明君"吗？请注意，他就是打了一场普法战争，从外部引起巴黎公社起义的那一位普鲁士国王。

就是这么一个家伙！我由那遥远的老磨坊想起了他。

对，你猜得不错，我是因为不断地不断地听到看到看到听到，近年来中国大地上，"地产热"和"城市化"热当中，普通的城乡居民遭到强制拆迁，不但身外的产权得不到保障，甚至挨打挨轰，连起码的人身权利也横遭侵犯，且不少地方法院都不受理，应了诉告无门那句古话。

难道我们这里的房地产公司开发商及其下属人员，政府相应职权部门直到最基层拆迁办公室工作人员，竟还不如一百多年前反动普鲁士的国王威廉一世遵守法律，从而表现得通情达理吗？

我已经兜出了这个国王的老底，没有替他涂脂抹粉的意思；也不是说外国例如德国的月亮比我们中国的圆；不，圆过一次不等于老圆，过去圆过也不是后来就一定还圆。这就是了。威廉一世之后，不到一百年，德国换了希特勒执政，他把条约当成了骗人的废纸，他指使法庭公然制造冤案，他视人民生命如粪土……在他恶魔的一生中，你再也找不出像威廉一世和磨坊这样的佳话。

我想到这里，不禁暗暗吃惊：原来历史是会倒退的，人类社会是会倒退的，倒退一百年，甚至更多。而我从小受的教育：未来永远是美好的，一切都会一天比一天好，人类也会一代比一代强。说到底，还是"进化论"的影响。

但是，鲁迅先生其实早在一九二七年，就告诉我们，他头脑里的进化论是怎样被现实给打碎的。他原来以为，青年人一定比老年人好，不幸的是，在蒋介石发动的"四·一二"反革命政变后，他在广州亲眼看见，"投书告密""助官捕人"的，竟大抵都是青年！

我曾经以为，鲁迅的书我不止读过一遍，鲁迅这从鲜血得出的教训，我也几乎能够背诵了。然而，事实上是我心目中还深埋着以为青年一定就好过老年的……不说是偏见，也有其片面性吧。由于我亲身经历了直到七十年代末的各次政治运动，饱览了运动中暴露的人性阴暗面，以致我对经历过这些"风雨"和"世面"的几代人，似已不抱多大希望了，尽管我也看到不少坚守人性的善良，道德的底线，以至堪称"民族脊梁""纯粹的人"的典范。因此，我曾以为，等到我们的社会中坚、精英人物多数是没有经过反右派斗争、"文化大革命"，既没有整人的经验也没有挨整的教训的一代人时，他们的灵魂不曾被强大的外力——物质和精神两重暴力——所扭曲，中国的事情就好办了，中国的面貌就会一天天好起来。我真诚地这样期待过，这样祈愿过。但是，我终于发现，我的头脑过于简单了，我的希望是虚妄的；我如果还有一点所谓思维能力，也不够分析中国当前的各种现象的。

虽这么说，大家不要为我担心，我只是发现自己乐观过了头，而我还没有绝望。鲁迅转述的西哲之言，早就告诫我们："绝望之为虚妄，正与希望相同。"

戒绝绝望，删除幻想，切切实实地面对生活，做些力所能及的实事。

话扯远了，我喜欢磨坊这个形象，法国十九世纪作家都德（《最后一课》和《柏林之围》的作者）写过《磨坊文札》，也是我喜欢的一本书。我现在所住的社区原属一个"南磨坊"乡的地界，我暗暗想，让我也能写出我的"磨坊文札"吧。

2004 年 6 月 2 日

第三辑

与友人书·谈对巴金的认识

　　年前你来电话（文秀代接），谈你对巴金的思考，并征询我的想法。……年前年后，杂事太多，迟复为歉。

　　九十年代初，我为香港《大公报》的副刊写了不少随笔杂文，其中包括《为巴金一辩》，即为其《随想录》（也是在香港《大公报》首发，八十年代）。因内地有人撰文借口巴金文章文字不佳（大意），从否认《随想录》作为散文的文学价值切入，否定《随想录》在当代文学中的重大意义。我指出此论正符合一贯要打巴金、封杀巴金的保守顽固当权派的意愿，"正中上怀"（也是大意）。后来我还写过《为曹禺一辩》，大体上出于同样的维护"五四文学"代表人物的衷曲。这同维护鲁迅的言论，驳斥所谓"鲁货"论、"新基调"论的方向是一致的，我一直以为郁达夫虽多才子气，名士气，而他说的"一个民族没有优秀人物是可悲的，有优秀人物而不知爱护，也是可悲的"（大意），确是不刊之论。

　　巴金的《家》是我的人生启蒙读物（不包括后来读的《春》《秋》

《火》），同鲁迅的杂文一起助燃了我少年时代的叛逆性，从我同辈以至稍长的一代那里，也看到巴金对他们的影响（及于行动，人生道路的选择），可能深广过于鲁迅。那些因追求自由恋爱而离家出走的，未必由于读子君、爱姑、祥林嫂，而是在觉新、觉慧间以后者为榜样。许多人竟因此走向延安。我曾说到，如调阅三四十年代参加中共领导的革命队伍的档案，恐不少人的思想自述中都提到巴金。但主要是《家》而非《灭亡》与《新生》。所以我为李辉一书写的序中说，共产党应该为巴金为它招兵买马，给他颁发勋章，当时巴金给众多的男女娜拉指出了离家的路，但到哪儿去？则如曹禺《北京人》中，瑞贞不过上火车"去遥远的地方"罢了。觉慧沿江而下，是如巴金本人一样去上海吧。正当抗战军兴，大批人离家，有的去"大后方"的四川，有的则北上陕北高原。巴金其实只朦胧地暗示"革命"——为"理想"而奋斗（在《家》里是散发传单，办刊物如《黎明周报》，与三四十年代城市青年一样，学的俄国十九世纪的样），并无确指。大家当作是指的中共了。而巴金在写作时，心中所想或当是无政府主义的群众性践行吧。

我们——绝大部分中国读者，从文学作品读巴金，未必会联系他曾有过的十分明确的无政府主义立场。

在中共建立之前，民国初年，甚至清末即世纪之交，各种国外思潮涌入中国，中国的一代先行者在为民族、为社会找出路时，即已接触到无政府主义（我没有认真研究，大致如此）。它与马克思主义孰先孰后，也有待历史考证。不过，中国最早的一批接受过马克思主义学说的人，包括成为中共建党骨干者，甚至毛泽东，也曾先接受无政府主义的影响。后来大约苏俄建立十月新政权一事促使许多人改宗"苏俄"版的马克思列宁主义。这一股势力挟苏俄影响俱来，中国本来就没有高度组织化的无政府主义者，不说"溃不成军"，也从人自为战（如在基层参与工运等）而逐渐分化，星散。最老的如吴稚晖成为国民党元老，"刘姥姥"式人物，另一个江亢虎，则堕落为投日的汉奸。

巴金，当然读过巴枯宁（Mikhail Bakunin）和克鲁泡特金（Peter Kropotkin）的著作，但他与国际无政府主义者的联系，始于留法时期，他多与法国那里的人士有所交往。似不见与俄国的无政府主义者有何联系（当然，最晚从一九二〇年起，列宁就以铁腕把无政府主义者，与社会革命党人一体视为敌人，或拘禁，或驱逐了）。

巴金是否除为文宣扬外，还参与过国内的无政府主义者的组织活动，待考。我认为这不甚重要。因为从三十年代起，巴金似已给自己定位于文学写作和出版。无政府主义的关于社会合作友爱平等的思想，成为深藏于他心灵深处的精神追求和精神支柱——或即所谓"信仰"吧，然而他的《俄国革命运动史话》（不限于无政府主义），写出的一部分只能以"社会运动"代"革命运动"字样印行，后来也未继续写下去，然则出版空间的偪仄，亦使巴金不得不收敛其锋芒。

我想，巴金在三十年代鲁迅与左联围绕"两个口号"论争的颉颃中，倾向于鲁迅，而不倾向于中共掌握的左联，应有"无政府主义情结"的因素。左联的实际领导人当然知道巴金的思想背景，所以巴金作为中共（通过左联）的统战对象，彼此基本"以礼相待"，"相安无事"，保持一种若即若离的关系。但凡涉及反抗日本侵略的活动，巴金都是参与的。随后，在八年抗战和三年内战中，巴金被国民党当局视为异己（这是一贯的，巴金着译的书在三十年代即遭禁），在文艺界和社会上对国民党当局倒行逆施的一些抗议声明等，巴金亦时有联署，因此被中共视为可以争取的中间力量——"进步人士"吧，加之他声誉卓著，这是邀请他参加"建国"前一九四九年七月文代会和九月的新政治协商会议的缘由，他的代表性毋庸置疑。

从一九四九到一九六六年，即所谓"十七年"，是"文革"前的一段时期，暂且跳过，后面再说。

一九六六年"五·一六""文革"正式开始，至一九七六年十月，继毛泽东逝世，江青等垮台，一般叫作"文革十年"中，巴金从一开始即被抛出，受冲击。"抛出"者，指他任职（挂名）主席的上海作协秉承中共上海市委意旨，内外呼应，对巴金进行侮辱性揪斗，直至呼为"黑老K"，对全市规模的批斗大会做电视实况转播，大造声势。高潮过后，发落到干校劳动。"文革"作为运动，进入"落实政策"阶段时，张春桥在回答有关问题时表态说"（对巴金）不枪毙就是落实政策了"，云云。他不仅代表"上海市革命委员会"，更代表"中央'文革'"，代表江青以至毛泽东。张春桥对巴金为什么怀着如此深仇大恨，尽管他说的不是个人意见，但言语之间的咬牙切齿，如闻其声。大概正因张属于毛指认的马列主义信徒，则仇视与无政府主义有关的巴金，势所必至，"政治正确"的必然吧。

江青等所谓"四人帮"垮台后，巴金乃有"解放"之感。他针对"文革"写《随想录》，提倡"说真话"，纪念逝者，控诉"文革"暴政，矛头指向"四人帮"。我印象中他主要揭示"文革"期间的灾难，未深入追溯到"文革"前，或是他适应一般宣传口径、出版口径的一种写作策略。然而有心的读者从他对"文革"暴政的揭示中，仍能感到早年反对一切"专政"的余音。

在"胡赵新政"时期，当然给巴金和其他作家提供了一定的言论空间，但也不是一帆风顺。随着国内、党内不同政治主张的消长、博弈，巴金先是在发表《随想录》的稿件上，遭到被删的不快（那还是在较内地开放的香港），继而听到来自高层的指斥。王震一介武夫在高级党校叱骂巴金，但他连巴金的名字都记不清，高叫，"那个姓巴的……是搞无政府主义的"。这话传遍中国，不可能不传到巴金耳边。而这一表演透露了在相应的领导层级中，议论到巴金时，首先着眼点仍是他曾经是一位真诚的无政府主义者。

而在中共执政后三十多年间，对无政府主义一直作为敌对势力加以妖魔化的，其源盖出于苏联，你看电影《列宁在1918》中，刺杀列宁的女枪手即被刻画成一个神经质的无政府主者。在理论界、历史界涉及无政府主义时，自欺欺人。直到政治宣传的口径，统一如此。当权者以此攻击巴金，以为是点了他的死穴。

　　巴金，在号称无产阶级专政，政治上复制苏联一套的历史环境中，这个"历史问题"成了他的软肋，成了他的心病。因为"无政府主义"被认为是列宁、斯大林及其苏共党的死敌，中国又向苏共"一边倒"，你不是来自"死敌"的营垒么？那时的逻辑就是这样。

　　到巴金晚年，他向国家图书馆捐赠书籍，向他倡议的"现代文学馆"捐赠手稿及其他纪念物，其时文学馆曾有人派驻他家协助整理。我听说——只是听说，但可靠程度很大——巴金当时住在医院，但十分关注此事。有一回，他忽然提问家人，他写字枱某一个抽屉里的材料怎么样了，一查，竟已被文学馆一年轻人取走。巴金十分焦急，叫立即索回，于是急如星火追到北京，幸亏没有损坏，也没有扩散，于是归还原处，注意保存。原来这部分材料，是巴金在运动中（或即是"文革"中）所写的"检查交代"，家人也没有见过甚至不知情的。

　　我们作为局外人来看，这属于个人的隐私。但我们揣测其中必然涉及巴金与无政府主义有关的叙述。尽管我们都会想到从这部分卷宗中，可以看到巴金就有关历史事实的自述自辩，乃至可以理解的某些出于一时文风要求的妥协，但当有助于澄清揣测性的传言，有助于恢复历史原貌的努力。然而我们无权作公开这一档案的要求。

　　在我的阅读印象里，巴金从一九四九年以来，或进一步从一九七八至一九七九年以来，直到辞世，都未曾公开为文宣布放弃无政府主义的信仰，也没有公开为文宣布拥护共产党的"专政"（不论是人民民主专政还是无产阶级专政）。

回过头再说"十七年"里的事。

巴金及其作品作为"五四新文化运动的产儿",在三十年代、四十年代,领文坛风骚,极一时之盛,这是治中国现代文学史者公认的。一九四九年中共夺得全国政权,建立新政权。曾经追随巴金的几代"理想主义者",不说弃巴金而去,也是先后投身共产(党领导的)革命,改宗马克思主义,甚至在思想检查中"清除无政府主义的影响"了。我虽不曾表示与巴金划清界限,但也模糊感到文学上"巴金的时代"过去了。

事实上,巴金虽被委任体制内的"作协"领导职务,实际上"养起来",作为招牌,作为牌位。不同的只是不同的干部群众中,有的是敷衍、利用,有的则保留着或多或少的敬重之心。

一九五一年,新中国成立初期开始的"文化建设"中,由开明书店出版一套二十卷"新文学选集",嗣后国家出版社的人民文学出版社也为"五四"名家出版选集。曹禺修改剧本已是家喻户晓,巴金对作品的取舍和某些删改(有些是属于常规的订正),亦具见苦心。好在巴金各有序跋述其变迁,可资印证。

巴金因不拿工资,经济上独立于体制之外,故虽任职于全国性和上海市文艺团体,却是"荣誉性"的,挂名的,位似客卿,似乎不像一般干部那样签到、上班,受机构规约之制,参加必不可少的"组织生活"(党团员之外也有频繁的"生活检讨会")。然即以政协委员的身份,于所谓政治待遇之外,除了开大会,日常也要经常开会,听上级报告,对大小政策方针及施政措施表态,参与外事活动等等。

其间,在新中国成立初期就有"抗美援朝、土改、镇压反革命"三大政治运动,接着是"三反、五反运动",高教界的知识分子思想改造运动,机关团体工作人员和文教知识分子们的"忠诚老实政治自觉学习运动"(即交代和更正自己档案中的家庭出身、阶级成分、个人经历、经济收入、政治党派、社会关系各项事实），还有从文艺辐射全社会的"电影《武训传》批判"，"俞平伯《红楼梦研究》批判"，"胡适思想批判"，直到一九五五年引发"肃清暗藏的反革命"（内部肃反）轩然大波的反胡风斗争。

我记得巴金参加了慰问团赴朝鲜前线，可能还是上海分团的副团长之类名义。当时，巴金该是像绝大多数"不明真相的群众"一样，相信是"美帝国主义打了第一枪"，而中国和北朝鲜属于被侵略的正义方面。他积极参与，并写出《我们会见了彭德怀司令员》和小说《团圆》，是出自真心实意，有作品为证。巴金在国际上，对旧俄的革命者情有独钟，有译作《六人》等为证；对意大利无政府主义者萨凡蒂等二人被美国处死，曾作出激烈的反应，至少在这一点上对美国没有好感；而韩国（朝鲜）爱国志士的壮烈牺牲，多次进入他创作的小说。这些可能在潜意识层面支持他朝鲜前线之行，志愿军年轻战士的忘我精神使多愁善感的巴金为之感动，也多少左右了他观察的视角。他的小说《团圆》因付拍电影（《英雄儿女》）而获得广泛影响，其中最动人的自然是来自生活的"向我开炮"的真实情节。至于父女战场重逢，上海工运背景等，都是为造巧合而编织的老套。对巴金来说，写的并非他所熟悉的生活，并未达到他自己应有水平。可悲的是，"向我开炮"的原型人物（蒋庆泉），因后来一度受伤被俘，虽选择回归，最后老死乡里，从不以参战经历示人（直到一九八一年才取消处分，近年有当年最早采访其英雄事迹的军报记者重访之于黑龙江某地，公布了后续的故事）。这个可悲的续闻，巴老晚年未及听到，即使听到，也只能叹息命运无常，天道无情了。

五十年代，老舍赶写了多部歌颂"新社会"的剧本，有的如《龙须沟》较成功，《西望长安》因剧情而卖座，艺术上则无足观；曹禺写接收美国人办的协和医院，《明朗的天》，主题是反美帝"文化侵略"，成为绝对站不住脚的败笔。等而下之某剧作家写剧本《右派百丑图》，形同活报闹剧，时过境迁，形消影灭。放在这个背景中看，巴金因随慰问团去前线，也真心要接近士兵，熟悉和写自己不熟悉的"工农兵生活"。在构思《团圆》的故事时，或有流于公式化概念化之病，但他没有功利之心，确在探索写作的新路，新领域，不失其作为作家的真诚。在后来其他政治运动中，就没有再作配合任务的尝试了。这是他不但与跟风写作以邀宠的作者不同，甚至也可说与老舍、曹禺多少不同之处，当然，或者因为周恩来在北京，随时给老舍、曹禺命题或提醒，剧作家深感盛情难却；而巴金在上海则可较为超脱的缘故。但涉及文艺界的是非敌我，表态仍是不可少的。巴金晚年特别说到他对胡风落井下石（"抛石头"）的愧悔。他们诚然是三十年代的老朋友，同是崇敬鲁迅的扶柩者。但我冒昧地斗胆发一诛心之论，即因性格、志趣的差异，早在三十年代巴金对左联诸将不是很感兴趣的同时，对左联特别是周扬针锋相对的胡风（不止是理论、批评还有文风），他也未必是多么感兴趣的。——其实，我以为不但巴金是如此态度，当时大多数中间派，或中右或中左的沪上文化人，恐怕在三十年代，对胡风都有同感。周恩来知道胡风这个"毛病"，似曾劝告过他；胡乔木则抓住胡风这个"毛病"，利用这个打他。一说到题外了，仓促中言，或不尽准确，你从中能得其大概吧。

　　巴金幸免于一九五七年的反右派斗争（经过和情由不详），但不能免于一九五八年高校的"册子"，而都流散，至今岿然独存，可资反顾的，唯有姚文元文集中批巴金的大文而已（当然，如果下功夫找，至少当时《文汇报》上会有些零金碎玉的）。

　　这就是前面说的，老舍、曹禺在北京周恩来身边，不能不领写作任务，而巴金在上海或较"超脱"。——为什么超脱？不为当权者所喜也——上有柯庆施，下有张春桥，他们掌控文化和宣传，本就对巴金心存戒备，哪里会想到让他写配合政治任务的大作，只是从大小会上听汇报，看巴金有什么正式表态，非正式言行，作为"阶级斗争新动向"吧。作家协会这边有什么"密报"（不称"告密"，因巴金处并无什么机密也），至今未听说；而上海新闻界的"内参"，则在六十年代，就曾报道过巴金坚执阻止女儿下乡的落后表现（再进一步，就是反对与工农兵相结合的反动表现了）。

一九五八年大轰大嗡搞了巴金一番。

一九六二年，用当权者的话说，则是巴金"自己跳了出来"。他在上海市文代会上的发言（不记得是否开幕词，而如是开幕词，由巴金自己起草，不知经人审查否，如经审查，但巴金照发，不知是审稿者右倾，还是有意的"欲擒故纵"——"看他怎样表演"）。其中指出了文艺界存在着"框子"和"棍子"。这个发言随后刊于《上海文学》五月号。不久，就招来了声势汹汹的声讨和围剿。这就是"文革"的预演了。

按照毛泽东《在延安文艺座谈会上的讲话》中说的，"小资产阶级的知识分子总要顽强地表现他们自己"，巴金此时，在一九五七至一九五八年后，已是分明的资产阶级知识分子（"小资产阶级，够用吗？"毛曾这样质问胡风）。他一九六二年的发言，是经一九五八年围剿沉默四年后发出的声音，我"以意逆志"，且"以己度人"，料想巴金是在一九六二年"七千人大会"之后，感受到广州会议传达出来的，包括周恩来、陈毅讲话的鼓舞，"时而后言"的。然而在毛泽东和他的好学生柯庆施眼里，这就是属于阶级敌人先是"装死躺下"，接着"窥测方向，以求一逞"了吧。

这样历数下来，跟一九六六年开始的十年"文革"相衔接了。

从一九四九年到一九七六年，这二十八年，是巴金亲历的"毛泽东时代"。

其中最后十年，甚至从一九五八年围剿算起，巴金的身份已成待决的囚犯，其中一九六二年他在上海文代会上的一鸣，已成"闹狱"的绝唱。

至于巴金在一九四九年，为什么不另寻一枝之栖，仿佛坐待共产党、解放军的来临呢？其实这是不成问题的问题。只要看看杨绛、萧干以至某些当时蒋介石派机来抢运的学者如陈垣等却决心滞留大陆就可了然。一是巴金对台湾对蒋介石没有兴趣（就如后者对他也持敌意），二是也无处可容流亡；因此别无选择，因此也不像陈寅恪有后来的失悔。巴金对中共可能效法苏共，当时心理可参照鲁迅对雪峰等人说过的，你们来时，当乞红背心去扫大街，这不是鲁迅的玩笑，他想必是设身处地想过，当然，他没想到他如活到五十年代，可能有一天面临"或是坐班房，或是一言不发"的困境。可见虽是"向来不惮以最坏的心思度人"的鲁迅，其虚拟的极致也不过是"扫大街"，而不是更严重的摧毁尊严的屈辱，更未必是坐班房以至枪毙等等。巴金比鲁迅温和，带某种程度宗教风，他敬佩十九世纪沙俄革命党人坐牢与赴死的壮烈，但我们也不宜责以为什么在专制暴政下"不做烈士"吧？

这类的责问，发之于一个已经不年轻的时评写手。

其实，按照中共极左思维的传统，凡被敌人逮捕坐牢的党人，如活着出狱，就被"有罪推定"为叛徒。毛时代之前即如此，到毛时代后期，打出遍地的叛徒特务，首先是针对入过狱的昔日之"同志"的。

那位写手曾说大陆杂文界出不了像柏杨、李敖那样的佼佼者，就因柏、李都坐过牢。这位先生若成了什么杂文学会领导，为了培养他心目中的佼佼者，大概先要点名一批作者送去坐牢吧。这是玩笑，是对其逻辑前提的推论。而他确曾言之凿凿地指出，一九四九年成名作家留在大陆的——当然包括巴金，甚至包括叶圣陶——都是他敕封的"二臣"。

二臣者，大家知道是清修明史时，对降清的明朝大臣如钱谦益等列为"二臣传"的典故。这位先生的思路，则不但公务员，就是作家，在一九四九年也要像南明诸臣那样追随蒋介石以去，或者像陈布雷、戴传贤那样自杀以"全节"吧。

巴金早年宣扬无政府主义，曾写政治理论文章，的确也写得很好。后来早就不写了，这个不写或与苏共剿杀无政府主义有关，与中共无关。他选择了文学写作和出版，五十年代中共统制出版业，剥夺了私营出版社，巴金便以文学写作为专业，实际上写作也很少，一方面是"夺笔"，一方面是形同"封笔"了。最初这个选择无所谓对错，但较适合巴金本人条件。我们知道他一生"讷于言"，不适于搞实际政治。而如果按他最初的选择走下去，成为以书写和口头宣传甚至兼作组织工作的无政府主义者，那就是职业革命家的角色，即使他坚持一生，未遭陨灭，碍于时势，其成就也未必赶得上他做文学的实际贡献，这也许是个伪问题，不必讨论下去。

随着国际国内政治形势的发展，巴金对于最初信仰的无政府主义在实际政治格局中的弱势地位及走向和前景，应该也是做过估量的。我在前面说，从现有公开发表的材料看，巴金至死没有表示过放弃无政府主义。但这并不意味，他漫长一生中对无政府主义的理想色彩和实际可能，在认识上没有发展和深化，但他没有否定早年信仰的真诚。

一九四九年，巴金的"迎接解放"，恐怕与邵某之流的"迎接解放"是不同的。他不无送葬时代的快意和欢欣，相应地有跨入毛时代一试的迎新之感，或有忐忑，却是敞开胸怀，而非深闭固拒的。因此七至九月受邀参加文代会和政协会，确实是"双向作用"的契合。巴金重原则也重友情，文学界（首先是北京、上海的）一些老友都欣然踏上新的征程，他自然乐与同行。后来在他曾合作编刊且又过从甚密的文友靳以等，在五十年代参与社会政治活动十分积极，相对来说，巴金则稍稍保持了距离。巴金年长于靳以,阅世较深,他多少明了自己在当权者眼中的位置和个人的角色任务。总之,他有自知之明。

一般说来,巴金是谨慎的。但既然必须发言,除了"泾渭分明"的随大流政治表态比较简单易行外,遇到像美共党员法斯特在苏共二十大后退党一事,《文艺报》要巴金写文章,就如考试,因没有别人的成稿可以参阅,巴金虽谨慎有加,却不能违心地过分"拔高",于是流露了据说是惺惺相惜的温情,遭到极左的驳斥。当时已是一九五八年,便搞到"拔白旗"、批巴金的热潮中去了。

即使像一九六二年在上海文代会上反讥"框子"和"棍子"的发言,也是谨慎的反抗。在今天的事后批评家看来,顶多是"跪着造反",且连造反都谈不上。诚然,当时巴金并没有下决心决裂,那样就走上不归路,但如果巴金做了那样的选择,可能他的发言纵令不在事前取消,也将在发言过程中制止,如同八年前的一九五四年吕荧在文联大会上说胡风不是政治问题,当即被轰下台一样。就连这样谨慎的失之温和的声音也没有了。

现在旅美的政治学者严家其在八十年代后期,曾批评鲁迅没有写过一篇点名驳斥蒋介石的文章(确实如此,远不如郭沫若一九二七年发表过《我所知道的蒋介石》)。如果对鲁迅了解得多一些,就知道上世纪二十至三十年代之交李立三主持中共中央工作时,在上海曾亲访(?)鲁迅,要求鲁迅写一篇类似声讨蒋介石的檄文的大作。一向以"遵从前驱者的将令"自命的鲁迅,这一回却未遵命。这样,随后中共批判李立三的"左"的路线(攻打大城市中心城市)时,才没有挂上鲁迅。

对于鲁迅没有点名声讨蒋介石,我以为我们应有"同情的理解"。对于巴金,或亦当作如是观。巴金很推崇赫尔岑(Alexander Herzen)的回忆录《回忆与思考》。但赫尔岑此书是在完全不同的环境中写出的。

写到这里，我想这封长信该结束了。真是泥沙俱下，请你披沙铄金吧，然即使真有个别的千虑一得，也够不上"金"的品位吧。

记得似是恩格斯（Friedrich Engels）说过一句话，大意是：只能根据他做过的事，而不是（要求他做）他没有做过的事。我是否有误读，有无断章取义，现在我也说不清。对恩格斯这位勤奋的思想家和写作者（也还曾是实践家），有所"抽象的继承"，应是有益无害的。

对巴金一生，结一总账，他是对得起我辈后人的崇敬的。

然否？祝

身笔两健！

燕祥

2014 年 1 月 5 日

重读聂绀弩的诗

　　有人称绀弩先生，有人称绀弩同志，都表示礼貌和敬重。自从绀弩撒手而去，他已成为历史人物，任人评说，任人臧否。我们可以像对待任何历史人物一样，直呼其名"聂绀弩"，这意味着他和我们又有距离又没有距离了。

　　逝者和我们之间有了一个历史的距离，我们能够尽量摆脱恩怨亲疏的人际关系的局限，撒开各种忌讳，尽量客观地观察他，理解他，谈论他；同时我们也消除了跟他之间存在的由世俗的礼节和世俗的观念造成的距离，通过他的杂文和诗，跟他对话，听他的雄辩和倾诉，以及内心的独白。绀弩是活在他的诗和杂文中的。

　　捧起《散宜生诗》，我每感到不是在读诗，而是在读一个人。并且我每每想起我曾经说屈原是"失败的政治家，胜利的歌者"。

　　绀弩不也是这样么？他在政治斗争中失败了，而他在诗歌创作中胜利了。

　　绀弩不是政治家，尽管他一直在政治漩涡里浮沉。他纵谈世局，痛斥独夫，以他的笔横扫南天，如罗素（Bertrand Russell）说的萧伯纳（George Bernard Shaw）那样，他无情地对待那些不值得怜悯的人，但有时也对一些不该受他攻击的人造成一些损害。不过，绀弩是作为一个政治家，而不是作为实际政治活动家出现的。从他的《论悲哀将不可想象》，可以看出他天真的乐观主义和热烈的理想主义。这篇写于一九五〇年七月（九龙）的文章，是北京三联版《聂绀弩杂文集》的最末一篇，其中也谈到屈原，说像屈原、杨家将、岳飞以及有家难奔有国难投的梁山英雄鲁智深、林冲、杨志等所遭的悲哀，将来都不会有了。"将来是欢乐的时代，一切人都欢乐。"这跟他在一九四九年长诗《山呼》里的，"爱一切人，爱一切物，因为再也没有可恨可憎的了"的思想是一贯的。他说在街上随便一个孩子可以抱起来尽量亲吻，随便一个不认识的人也可以倾吐肺腑，当即遭到论者反诘：谁说街上已经没有地主和敌探了呢？[1] 事实上，被绀弩认作同志的人也并没有接受他的拥抱，更没有以拥抱迎接他。

我行我素、独来独往的聂绀弩，被他所从属的拥有一千一百万党员的中国共产党当作不堪一击的敌人，轻而易举地打败了（一九五六年九月中共"八大"时有党员一千〇七十三万人）。

说起来奇怪得很：读绀弩的杂文，指陈时事，上溯历史，绀弩于我

---

[1]　上引《山呼》中的诗句，见长诗第二章《日出》第五节《感情的春天》。长诗先在香港发表，随后于1949年9月26日在《光明日报》发表。我是从《光明日报》读到的。当时在教条主义、庸俗社会学的驱使下，我也参加过对《山呼》一诗的指摘，撷取片断，粗暴地谥之为"小资产阶级感情的'狂热'冲昏了头脑"（见1950年2月3日《天津日报·文艺周刊》）。这是使我至今想起来仍十分歉疚的。我曾随获帆一次拜年、一次探病，两谒绀弩于他的新源里和劲松的寓所，见他瘦骨支床，我没有勇气为卸去自己的债负而重提旧事，增加他的不快。今值纪念绀弩九十诞辰，我想我有责任当众说明，在历史面前，我也不是没有伤害过别人的清白无辜者。

们的国情，千年的锢弊，"精神奴役的创伤"，以至宵小坏人、强盗骗子，何等洞明，绝不是一个世事不知的书呆子。毫无社会经验的年轻人，为什么要到反胡风和肃反以后，打成右派，流放判刑，这才逐步达到政治上的成熟呢？

恕我用了"成熟"这两个字。实在也找不出更恰当的字眼。诗人的"三草"是这一成熟过程的证明。

"男儿脸刻黄金印，一笑心轻白虎堂。"是这样的证明。
"文章信口雌黄易，思想锥心坦白难。"是这样的证明。
"英雄巨像千尊少，皇帝新衣半件多。"是这样的证明。

一个诗人最大的欣慰，是他的诗句丰富了民族语言，长久地作为佳句流传。绀弩的诗已经开始进入这一境界。但是，在默诵他的警句、披阅他的诗集的时候，我不免自问：我真正懂得了他的诗么，真正懂得了诗人的心么，我真正懂得了诗人的言外和象外的意么？

绀弩自己说过："感恩赠答诗千首，语涩心艰辨者稀。"我们是不是于他淋漓酣畅处留意较多，于他的"语涩心艰"会心不足呢？

例如大家常谈到的《北荒草》，那些写劳动的诗，被誉为"虽然生活在难以想象的苦境中，却从未表现颓唐悲观"，"对生活始终有乐趣甚至诙谐感"；以至被发挥为诗人的"自豪感，正义感，责任感"，几乎上可攀附"主旋律"了。如果真是这样，《北荒草》又何异于某人的干校颂诗呢？

绀弩说过阿 Q 精神是奴性的表现，但在一定情况下也能成为一种精神的依靠借以渡过困境。"庭室轩窗且 Q 豪"，所以叫作"自遣"，作者自述了当时写作和后来写作的真实心情。以正话反说、反话正说，来描摹生存状态的荒谬。比起杜甫的"懒惰无心作解嘲"更无奈，"乐趣"云云，"不颓唐"云云，正是"哀莫大于心不死"。越是谐趣盎然，犹如以乐境写悲，越增其悲了。

为什么我敢于肯定地这么说呢？因为从他的全部遗诗（后来他已少写杂文，更多地寄情于诗），看来，他已经不是写《山呼》和《论悲哀将不可想象》时挥洒倜傥的聂绀弩了。且看他这几句不常为人征引的警策：

> 刀头猎色人寒胆，虎口谈兵鬼耸肩。
> 丈夫白死花岗石，天下苍生风马牛。
> 佶京倈贯江山里，超霸二公可少乎！

他对社会人情世态看得多么透彻。是现实斗争、实际处境，或者用术语说是"社会存在"点拨了他，使他自幼在家攻读书史以迄二十年代后期在广东、上海、南京、苏联、日本、重庆、香港大半生中的文化积累、经验积累一旦豁然贯通，化为沉重深邃的历史感，也化为穿透现实的犀利眼光。

朋友们说到绀弩在北大荒因失火被判刑的事，多以林冲火烧草料场作譬。绀弩为林冲题壁写的诗，有"天寒岁暮归何处，涌血成诗喷土墙"之句，吐尽盖世的苍凉。一部聂绀弩诗也当作如是观。这是至痛至愤的"怒书"。绀弩选择旧体诗作他喷吐积郁的突破口，有它偶然的因素，但又不完全是偶然的；每日劳累不堪，但是块垒难消，叶韵对仗，有"好玩"之处。于是不惜以缚虎斲龙手来事雕虫了。但他深心有所不甘。所以他热烈支持雪峰经老病之身南下采访太平天国遗迹，写道：

> 大事何因终偾了，百年谁有一言乎？

绀弩自号"三（国）红（楼）金（瓶梅）水（浒）"，他困境中犹不忘"咏旧小说"，再看他一些诗中透露的消息，他是希望有人以施耐庵、罗贯中（"臣力犹堪施与罗"）、曹雪芹（"一角红楼千片瓦，压低历史老人头"）的才力，写出一代兴衰的史诗来。这也许是绀弩没有说出来的遗愿吧。

1993 年 1 月 6 日

悠悠六十五年间

——追怀恩师周定一

前年年底我收到邮局寄来的《周定一文集》，扉页上有蓝笔签题："燕祥同志　定一　2012，12"，看来老人手不抖，保持了往日的笔姿。后记是三位子女在春天写的，说父亲今年九十九岁，体力渐弱，所以文集的整理是他们代做的。

可不是吗，从我和定一先生最初见面，已经六十五年。当时我们的年龄加在一起才五十岁！

定一先生曾回忆说：

在《平明日报》的友人萧离，萧凤夫妇要在这报上安排一个星期文艺专栏，请沈从文先生主编，约我做具体的编选工作，取名《星期艺文》。连一个烧饼的价格都以十万元计不断"翻番"的那种年月，微少得可怜的稿费已不起任何"刺激"稿源的作用。但北平究竟是"文化城"吧，办几期之后，投稿就渐渐多了起来。

沈先生自己也写，常以《废邮存底》为题。废名、吴晓铃这些师友也一再供稿。投寄诗作最多的是邵燕祥，而且每每是长诗，感情充沛，才华横溢，并处处见到现实批评精神和明朗的进步立场。我想，有必要去拜访一下这位热心的作者了，于是按来稿地址找到东单附件的一条胡同。见面之下，我深为惊异，原来他那时还是个十四五岁的中学生。还有位散文作者于是之，大约就是日后话剧界的这位名演员，算来他那时也很年轻。（《沈从文先生琐记》）

这样，我才知道这位整整比我"先生"二十年的、三十四五岁的周定一老师，在北京大学教"大一国文"，我第一次听说他家乡的县名，是炎帝陵所在的湖南酃县。我也向他报告了我的简历，真的是简历，太简单了。只不过隐瞒了我已加入中共地下党的外围组织。还说了些读过什么书之类的事吧，已经忘记。

到一九四七年秋冬，这个标明"沈从文、周定一主编"的《星期艺文》已经出了一年，我并不是每期都看到，因为没有订阅《平明日报》，多是在图书馆或街头报栏浏览的。最近有人从这份专刊上发掘出林徽因的佚诗，那一期当时就没见过。

定一先生到船板胡同我家来，应该是在一九四八年春节后，阳历二三月间的一个星期日。当时我的几首诗:《失去譬喻的人们》《偶感》《橘颂》《病》，已经由他经手先后刊发了。

这几首诗都是一九四七年四月在古城春日大风沙中写的。还在五月投身反饥饿反内战运动之前，其中"失去譬喻的人们"不点名的指向发动内战的权力者，"诗中谴责了权力者把战争、流血和死亡强加给无权的民众身上"：

我们在伟大的号召下走上战场，/你们碰杯而又握手，/碰碎我们的生命，／握紧我们的自由，／然而，我们没有诅咒。你们永远将可爱的教训，／严厉地颁赐给我们，／目的，目的！手段，手段！／我们像沙门听高僧讲道，／都虔诚地背诵着，刻在耳翼上，／将那神圣而公道的教义。你们创造了正义与公道的破坏，／副产了更深重的苦痛与懵懂。／你们又把这得意的艺术品加了作料，／送给该毁灭的愚蠢的我们。

　　这首虽然真诚但嫌粗糙的诗刊于一九四七年九月二十八日，是我第一次在正式报刊上发表诗作，按习惯该叫"处女作"吧。几首诗最初都是寄给沈从文先生，沈先生转给周先生的。由此开始，我受到鼓励，不歇手地写诗及其他体裁，在一九四八年有了个课余写作的小高潮，小花期。正是在这个意义上，我称沈从文和周定一两位为恩师。这年夏天我跳级投考大学时，也报考了北京大学中文系，想做他们的及门弟子，只是没被北大录取，颇有一点遗憾。

　　定一先生枉顾我家后，我也想我有必要回拜。又是一个星期天，我到东单乘电车到西单下来，往南走到宣武门迤西顺城街，到了北大四院——北洋时期的国会，现在新华社大院。按地址找到东侧的口字楼三十号，敲门无人应，就在院里徘徊。星期天下午，静谧无人，我在重门深锁的大礼堂前久久伫立，遥想当年这里人声鼎沸，争议不休，互相指责以至开打，民间相声里留下一句歇后语："议员飞墨盒——不赞成"，特别是演出过曹锟贿选的可耻一幕。有人接受了贿赂，出卖了人格，当然也有的议员并未受贿，却在这锅汤里沾了一身臭气。如今一切都过去了，会场内外一片寂静。

　　这样想着，回到口字楼，恰逢周定一先生从外边回来，手里提着新买的书。他没想到我会来，连忙把我让进屋。我看他买的书里，有一本巴金译的王尔德（Oscar Wilde）《安乐王子集》（*The Happy*

Prince），是文化生活社那种素面上黑地白字大标题的译著版本。他的妻小这时在老家，他一个人，休息日除了看朋友就是逛书店了。因而说起北平的电车，他说坐电车在长安街上走，有时感到像去外县似的。我想他也像我一样，时时生活在联想、臆想和捉摸感觉之中。那时我不知道他的专业本是语言学，且已写出很受同行重视的论文。只知道他和沈从文先生教"大一国文"的分工，沈先生讲现代文学，他讲古代文学和批阅作文。而他不但在读现代的文学作品，还不断的写诗。他拿给我看一首新作，写得很美，几十年来我一直记得其中一句："我打开今年第一扇南窗。"我当时就真的走到他的南窗前，那里正辉耀着下午两三点钟的冬日阳光。许多年后，我从西南联大的诗选中重读了这首题为《窗外桃花》的全诗：

> 家乡的门外小河有座小岛，
> 我曾向人说归去要种满桃花。
> 于是梦中几度花开花谢，
> 醒来向朝云书一笔颜色。
> 记起古代诗人画出的一个世界，
> 他的桃源是忘言的悲哀。
> 古城自有风沙中的春信，
> 我打开今年第一扇南窗。

定一先生可能一九三五年一入北大就听过废名的课了。他的诗有废名风，特别是《题废名先生诗集〈水边〉》，也只有八句：

> "这一卷诗无端使我悲哀，
> 我从此了解嫦娥的襟怀。

太太寂寞了所以飞上了天，
而地球是一颗真实的思念。"
"那儿是你归去的妆台？
应珍惜的是这雨中的粉黛。"
有人一笑带走了诗，
大海夜夜是月亮的镜子。

最后点睛的一句是神话，是童话，又是诗，可置于张若虚《春江花月夜》和张九龄"海上生明月，天涯共此时"的名篇左右。

定一先生后来不写诗了，他的诗也不囿于废名的影响。比如《南湖短歌》《迁客梦》《信》和《一滴雨水的来历》那样的境界和意蕴，却是废名不曾涉足的。

这回翻阅定一先生的诗作，看到"南窗"那首后署"1948年3月15日"，然则我该就是在随后的那个星期天前往拜谒的。在那之前的3月13日，先生还写了一首《电车》：

电车穿过西长安街，
黄昏的人语，相悦的灯火。
我打量车中一张张陌生的脸，
信赖车轨的绝对安全。
有人谈着报馆工人都罢了工，
我担心历史今天裂一条缝。
静对着窗外缓缓的生命之流，
我爱搭电车是这上灯的时候。

这让我想起他向我谈起坐电车的感受。这感受的深处，其实是在扰攘生活和陌生人群中难言的寂寞。后来四五月间他去看"法源寺丁香","游万牲园感其凋敝",都有短诗留下,也是对寂寞和孤独的排遣吧。

我头一年十月写的一篇散文式的《窗花》,寄给了定一先生,第一人称,但是虚构的,这一点不符合一般散文的通例。但其中一个打狼的主要情节,又是有所依据的。这天我带来了刘白羽的小册子《延安风光》,香港出版,其中有一小节《一个村长打狼的故事》,我是把它敷衍成篇的,加上了我对陕甘宁边区的想象(不过,其中把当时边区村民写为熟读鲁迅小说,知道祥林嫂有阿毛被狼叼走,则应属"虚构过度")。该是像定一先生批改同学们作文似的,我这篇作文得到认可,在三月底就刊出了。

之后不到一年,定一先生就写出了《北平解放军入城》,这打破了他的寂寞和孤独。大家都卷入天翻地覆的大变动中。我到电台工作后,把通讯处告诉他。一九五一年春天,先生写信给我,说他家眷来了。他夫人何显华先生,我读过其写湖南乡居生活散文,朴实而有情致,定一先生问在电台能不能找到她合适的文字工作。当时,中央台正筹备对少儿广播节目,我找了少儿部主任孟启予,她说现在正缺人手,但机关里除了留用人员享受工薪制外,新来者都按参加革命工作论,只能是刚刚由供给制改行的包干制。我向定一先生面陈,他们儿女还小,想增加一份收入贴补家用,包干制的月收入显得太薄了。这件事未成。

那时定一先生已经从北大教职调到语言研究所,他参加了草创,忙得很,直到一九五五年,有一天丁一岚(邓拓夫人)代表中央台参加关于汉语规范化的相关会议回来,说她在会上遇见了周定一,周向她问起我。我想,定一先生一定向她说了我的好话,而丁一岚同志一定也向他说了我的好话。

我知道定一先生全力主持着《中国语文》的编务，我也以为天下承平，大家各自安居乐业。我万万没想到，早在一九五二年，他在铁道部当工程师的父亲忽从北京"失踪"，到年底，他一位时任湖南省委干部的早年同学和同乡写长信来说，他的老父已在八月初病死于鄙县公安局看守所（四十年后才知是遭人陷害，被秘密挟持回乡。沉冤终得昭雪）。定一先生痛定之后，只用一句"解放，也意味着从旧社会过来的知识分子思想和感情上的炼狱"带过。

"文革"以后，我跟李锐同志结识，有一次他说起在定一先生处说到我，原来他在抗战前于武汉大学读书时就跟周定一有交往，到北京仍有过从。定一先生也向我说起李锐，几十年前名叫李厚生。一九四九年初，"老友李厚生随解放大军自东北来北平，承见访，欣然长谈。谈及文艺，向我索诗一看"，临行从诗册上带走了定一先生一九四一年在昆明写的一首六十行的《友情》。这一对朋友的重逢，一可见对青春和友谊的珍视，一可见在战火犹炽的日子还不忘文学与诗的书生痴气。匆匆一见，李锐就南下去湖南任职了。那时谁也不会预见到定一先生的老父竟遭政治陷害绑架以致瘐死，更不会料到李锐一陷冤狱二十年。定一先生之所谓知识分子的炼狱，竟是不堪承受而必须承受的。

我在一九五七年"反右运动"中翻船，主动中断了与一切亲朋好友的联系。"文革"后虽然"回到人间"，但蹉跎多年，一事无成，愧见师友。直到有了几本自以为比较像样的书出来，我才向定一先生投赠，得到他一如既往的鼓励。九十年代中，得到他相赠的《红楼梦语言词典》，这部凝聚了他和钟兆华先生筚路蓝缕和铢积寸累之功（后来又有白维国先生加入），十年辛苦不寻常的心血之作，从语言学角度切入，对《红楼梦》的语言做了细致的梳理。我曾见日本有《字源》之典，实际是古典名著的词汇总集；又听说苏俄编有《普希金词典》，一直盼望中国也有对古典诗人和作家词汇的研究成果，现在这部词典，收词二万五千条，全书二百五十万字，堪称巨著，而它在语言学（词汇史，语法史）研究上的历史意义，更有待充分的估价。

定一先生这一重要学术成就，是《周定一文集》没有反映出来的，但恰恰是在定一先生所遗书籍中，我最感亲切的，所以不惮词费，多说几句。先生其他语言学方面的论文及其意义，"隔行如隔山"，不容我置喙了。

二〇〇三年，我参加社科院语言所祝贺定一先生九十大寿的座谈会。那时先生身心清健。我记得他说了一个笑话，某年为一位耄耋老人祝寿，大家援例祝以长命百岁，没想到老人不悦，意若曰你们开出年限，此时已距一百岁不远，岂不是倒计时了吗？定一先生点出了一般老人从乐生到"恋栈"的心理，透露了淡定旷达的心胸。不过，我们仍然愿以"茶寿"相期相颂，大家一笑。

前年底收到定一先生赠书，我立即回一封信，相约过了年假以后去拜望他。谁知年后不久，接到哲嗣伯昆、仲炎打来的电话，定一先生大去了。我深以未在老人最后的日子里再见一面为憾。不过，据说老人在年前刚好庆了百年大寿，家人团聚一堂，融融泄泄，这倒是多少令人欣慰了。

2014 年 3 月 15 日

负疚的怀念

——关于沈从文先生断忆

沈从文先生去世了，我看到有几位他的学生写的纪念文字，都很朴实的。

我算不上他的学生，我没听过他的课。不过我也可以算他的一个学生，我小时候读了他不少书，偷偷学过他。但是我从来很少说起这一点。起先许多年，连确实听过他的课的学生，有的也不愿意承认是沈从文的学生了，因为要跟"反动文人""划清界限"啊！这几年我还是很少说起，因为我自知是一个不够格的、不争气的、学无所成的学生。

一九四七年春天，很寂寞，风沙也大，我写了好些诗。三四月间，我拣出其中的几首，《橘颂》《失去譬喻的人们》《偶感》《病》，还有一篇习作故事《喇叭》，寄给了沈先生。为什么寄给他呢？那时我常读天津《益世报》上标明沈从文主编的《文学周刊》，并且看了他的包括《烛虚》在内的一些书，我行文有时也生硬地学他的简古，当然，不像。

不多久，收到那篇故事的退稿。附一章草字条，说"稿甚多，恐积压，敬奉还"，署名"从文"。三十年后我做文艺刊物编辑，直接退稿时往往袭用这个话，想到沈先生这样措辞，一定设身处地怕伤了初学者的感情。

那之后我投入了"反饥饿反内战"的学生运动，抑郁之情一扫。九十月间，见我那几首诗陆续在北平的《平明日报》上刊出，每星期这个报上有一版《星期艺文》，由沈从文、周定一合编。

这是我在报刊上发表诗作之始。这鼓舞起我的创作激情。《星期艺文》在一九四八年三月刊出我的散文式小说或小说式散文《窗花》，写的是我所向往的解放区新的人物新的世界，只把"延安"两字以"××"代之，读者是懂的，编者能不懂吗？

当时我还没有看到郭沫若的《斥反动文艺》。郭文登在《文艺的新方向》（大众文艺丛刊第一辑），是同年三月在香港出版的。我在夏天读到这篇激烈的檄文，说"特别是沈从文，他一直是有意识地作为反动派而活动着"。我很惊奇，郭沫若当时也是我所景仰的名家，但我总觉得他把沈从文列为红黄蓝白黑五色"反动文人"之首有点夸张，而把沈从文归为所谓"粉红"，更有点勉强。说沈从文是反动派，我总觉得不是那么回事。

秋天，我见到沈先生，在中老胡同他家里，是吴小如介绍我去的。他编的一个文学副刊上刚刚发了我的《沙果林记》，分明看得出《边城》的影响。沈先生说他"复员"回到北方后，在中文系学生中发现两个人才，其一就是吴小如。

在忘年的交谈中，我也压根忘记了眼前笑语温和的沈先生是"反动派"。我向他推荐赵树理的小说，他跟我讲从事文学要能坚持。他从开明书店才送来的样书里拿了六种，一一题字送给我，《从文自传》上写的是"一个顽童自传给燕祥弟存"，《湘行散记》上写的是"一个小城的平凡记事……"，《春灯集》上则是"二十年前知识分子的几种恋爱形式……"。

转过年来，一九四九年春，我在正定准备南下，接到吴小如信，知道沈先生曾想结束自己的生命。他才四十多岁，比我现在的年龄还小。我那时怎么也想象不出，不久以前还那么平静地观照世界、谈在青岛和昆明看云、谈故宫角楼下景山前是世界上最美的一条街的沈先生，会忽然厌倦了生活。

沈先生没有死，但是从热火朝天的生活里消失了。我回到北京，听说他到了故宫博物院，他还能从角楼下走过，也许他还能暗自体味走在这条街上的情趣，直到连这一点也被剥夺。所以我的挽诗中最后两句是：

> 今日魂来谁管得，
>
> 角楼水畔好看云。

一九五六年秋，在政协礼堂看廖静秋演的川剧。休息时听后面有人叫"沈先生"，回头看沈先生夫妇正坐在后一排。互相问讯了几句近况，当时正提出"百花齐放"，我希望沈先生这次回乡能写出新的"湘行散记"。

匆匆一面之后，没想到再见又要过二十多年。一九七九年，我在小羊宜宾胡同五号院内东南角的小屋里拜访已显老态但精神极好的沈先生。他兴奋地谈说敦煌，他才从那里归来。

我已经到《诗刊》工作，惭愧我没有写出像样的东西，每期刊物都寄一本给沈先生。沈先生在一封信里说："照近年诗作成就倾向看来，不少熟人用旧体诗表现思想感情，多见出一定深度。白话诗，或由于笔下运用词藻不灵，一般印象似不易达到三十年代某些散文见诗意。"

说得多么中肯，但说出来会开罪不少诗人。沈先生与世无争，尚不免命途多舛，倘再被人认为吹捧三十年代某些散文，贬损当前某些新诗，岂非异端，又添新账，缠夹不清。先生撒手去了，这言论也不妨公开了。沈先生以小说传世，但他的小说中有诗，有的篇章本身就是诗，何况他早年也多写新诗，中年以后又有旧体之作，于诗是行家里手。陈梦家一九三一年在《新月诗选·序》中就曾说："所惜他许多写苗人的情歌，一时无法尽量搜寻，是我最大的遗憾。"这个遗憾，不知现在的研究者能弥补否？

也还是因为我在《诗刊》工作，为了在十年动乱后让青年读者重温"五四"新诗传统，我们逐期介绍了二三十年代的诗人诗作。我随着三位主编到丁玲处约写关于胡也频的文章，谁知拿到的是一篇借题发挥的文字，把《记丁玲》及其作者指责了一番。

回忆我知道丁玲的名字，还是从沈先生这本据说"编得很拙劣"的、充满"胡言乱语"的《记丁玲》；读了这本据说"不仅暴露了作者对革命的无知、无情，而且显示了作者十分自得于自己对于革命者的歪曲和嘲弄"的书以后，不仅胡也频烈士而且连丁玲也给我留下一个青年革命者的形象。在胡也频被捕后，沈先生曾奔走营救，胡也频牺牲而丁玲被捕并传说也遇害以后，沈先生带着感情写出这本书来，总不是为了反对革命和诬蔑为革命死难的旧友的吧？

在郭沫若那里，沈先生是一九四八年被封为"反动派"的，而在丁玲那里，沈先生怕从一九三三年写《记丁玲》一文时就该是"反动派"了。就因为并非革命者更不是共产党员的沈从文，对参加了革命和共产党的知识分子朋友有所批评吗？还是其他的什么缘故？文学史家和将来的读者会弄清这一切的。

我为我经手发出了这篇不得不发的文章，对沈先生感到歉疚，须知这不是在"文革"中或"文革"前，而是在一九八〇年，但沈先生淡然置之，他对这一切大概已经习惯了——说习惯是不确切的，应该是对人情世态众生相的洞察和彻悟。一九八六年，曾经是我的领导的顾文华在病中读了我的诗话集《晨昏随笔》，问我为什么没有一语及于沈从文。如今他也去世了。他大约看过档案，知道我和沈从文有一段文字缘。他不知道有些话当时是不便说的。

我和沈先生过从不多，但作为一个读者、投稿者、学生，与先生的长子同年的晚辈，几乎从一结识先生起，几十年间经常处于一种矛盾中：我从心里尊重沈先生，不仅因为他于我个人走上文学创作道路有很大影响，而且因为其人其文自有值得尊重之处；但总遇到一种客观的力量制止着我和别的尊重沈先生的人：不许！

沈先生安详地去了。我也摆脱了这个矛盾，在这里写下我对我私塾的老师沈从文的敬意和缅怀。

1988 年 10 月 11 日

杨宪益：读其诗并读其人

杨宪益的学问不挂在脸上，也不挂在嘴上。也就是说，他从来不"吓唬老百姓"，不以其所有骄人之所无。他的学问融入了他全部的教养，平时待人，从不见疾言厉色，酒边对客，容有《世说新语》式的机智和英国式的幽默，都化为寻常口头语，不紧不慢地说出。

看来通体透着淡泊宁静的杨宪益，几乎很难想象他会拍案而起，凛然陈词。然而正是同一个人。有人称之为"散淡的人"，其实散而不淡。他似乎与世无争，乃是不屑斤斤于个人得失，更不齿"上下交征利"；他仿佛十分随和，但他和而不同，面对原则是非，他有所为有所不为，并且率真得毫无掩饰，更没有矫揉造作。

有斯人，然后有斯诗。

可以说人是真人，诗是真诗。

知其人才得以知其诗；知其诗便更能知其人。

杨宪益常自谦他的诗是"打油诗"，如果以为他的诗止于"打油"，那就看得浅了。我宁愿把他的标榜"打油"看作对言不由衷、言之无物的伪诗的挑战，对"温柔敦厚"的传统诗教的反拨。

中国传统诗中与占主流地位的温柔敦厚相对的，历来有沉着痛快的一派——它不仅仅是一种流派、一种风格，而是诗和诗人主体的一种精神。

这种精神有时表现为嬉笑怒骂，但是远远不限于嬉笑怒骂的。

诗，在多种多样的艺术形式中，更不必说比起诉诸公众的小说和戏剧，无疑是最个人的，或说最富于个人色彩的。它往往甚至必须最直接地表现诗人自己。

读者从杨宪益诗中寻找诗人的影子，首先频繁遇到的是自嘲的语态。

一九九〇年初，旧历新正，我到杨家做客，夫人戴乃迭送我一小盆刚刚分蘖的小苗，姑名之为"洋水仙"；宪益给我一张纸片，上面写着新作的七言绝句，题目就是《自嘲》：

> 清谈夷甫终无用，击鼓祢衡未必佳。
> 差似窗前水仙草，只能长叶不开花。

这里也许有宪益的自嘲吧，但我以为也有对我这一类知识分子的批评，凝结了忧患时世和历史经验的思考。我默对着窗台上已谢、正开和未曾结苞的水仙，久久失神，不知说什么好。

杨宪益的自嘲中，不管诗人自己意识到没有，总是包含着自我肯定，此所以于"学成半瓶醋，诗打一缸油"之后，继以"蹉跎惭白发，辛苦作黄牛"；从一九七八年的"作诗入党两无成，只合文坛作散兵"，到一九九〇年的"有酒有烟吾愿足，无官无党一身轻"，寓自尊于自嘲中，最终完成了人格的尊严。

杨宪益以潇洒的自嘲取得了讽世的资格。"早起翻书看不清，眼球充血又何惊"，一个阔眼的惺忪老汉的形象总不会成为歌颂的对象吧？"此身久被洪炉炼，火眼金睛是老孙。"看他用洪炉一句把半生坎坷说得何等轻巧，差幸炼出火眼金睛，洞察妖魔鬼怪，至少是"白眼看鸡虫"，"冷眼观螃蟹"，以老孙自我解嘲，这就同阿Q的自虐和自炫划清了界限。

宪益好酒，曾被以好斗整人为能事者上纲到"腐蚀青年"的高度，宪益一笑置之。交往较多的朋友都知道他不是那种耽于口腹之欲的饕餮之徒。吟到筵宴，包括他所嗜的酒，常出诸自嘲的口吻。"千金一掷豪门宴，川北江南正断粮"，"主人盛意情难却，忽忆江南有饿莩"，"郴州到处打秋风，整日消磨饮宴中，归载柑橘三百颗，主人惊道过蝗虫"：诗人没有演出"罢宴"的英武的场面，但从这自嘲以至自责的诗句，不是分明可见白居易新乐府式的诗心么？至于"闲来无事且干杯"，"饮酒莫谈家国事"，则使人有生处乱世的魏晋风度的联想，如他一九九三年一首诗中所说，"我自闭门家里坐，老来留个好名声"，不趋时阿世，不同流合污，中国传统士人"独善其身"的境界，也是不该深责的吧？

然而，不，杨宪益并不是借酒遁世的人。诚然他有借酒浇愁的一面，但他不失清醒的信心："何须一醉解千愁，东方不亮西方亮。"他的仍然笼罩着自嘲意趣的《祝酒辞》说，"值此良宵须尽醉，人间难得是糊涂"；《谢酒辞》则说，"值此良宵虽尽兴，从来大事不糊涂！"

好一个"大事不糊涂"，透露了诗人醉醉醒醒的奥秘。此京华酒徒非彼世俗贪杯之辈所可比拟也。人说宪益是"酒仙"，其实他更接近于一首或是伪作的所谓曹雪芹诗中"潇洒做顽仙"的"顽仙"。

诗是表现自己的，但不能只在自己身上落笔。

于是自嘲之外，我们又读到杨宪益的讽世之作。鲁迅曾引"暴君的专制使人们变成冷嘲"，并申冷嘲与热讽之辨。用来读解杨诗，却不能胶柱鼓瑟：无冷眼不足以洞达世态尤其是伪装下的真相，无热肠不足以宣泄义愤尤其是久被压抑的真情。

诗人一九七六年所作《狂言》该是在江青等刚刚垮台以后，"老夫不怕重回狱，诸子何忧再变天"，一派乐观；一九七八年却已叹息："从来风派难摸准，莫怪今天气象台"；一九八一年深感积重难返："早望退休心未遂，空谈精简事难能"；一九八九年则惊呼："教授如今成饿殍，豪商多半靠高官"。固然世事未能尽如人意乃势之常，但辜负人民信任和期望，违反人民意愿和利益的种种世相，不能不使诗人感到无法忍受了。

杨宪益的近作，一九九三年的《无题（回到京城又半年）》《银行》《百万庄路景》《有感》诸首，已从讽刺进为抨击，不是不可理解的。杨宪益深受老庄的影响，但这并不排除他曾受民胞物与、己饥己溺的儒家精神的熏陶，因此在一九九三年九月闻青海省有水库决堤，他当即写诗书愤："青海千村付浊流，官家只管盖高楼"，他沉痛地写道：

> 举世尽从愁里老，此生合在醉中休。
> 儿童不识民心苦，却道天凉好个秋。

满腔悲愤的伤世之情倾于笔端，这里写出了一个热爱人民、痛恨官僚和一切危害人民生命财产利益者的诗人回天无力的无奈。杨诗从怨而不怒，到怨而怒，又一次证明了"愤怒出诗人"，这样的诗出于社会的良知。

杨诗的讽世、骂世皆为警世。然而这样的风骨之作鲜见于今日之报刊，"正声何微茫"，岂自今日始！

杨宪益术业有专攻，是那种无心为诗人，更不会刻意去作诗，然而信手拈来，率多佳什的诗人。如《兴城杂咏》，写到兴城为古孤竹地，城外有首山当即首阳山，是传说中孤竹君之二子伯夷叔齐采薇之地：

> 殷墟孤竹势难全，岂是存心要让贤。
> 国破家亡无路走，只能逃到首阳山。

自注说"夷齐兄弟让位，乃儒家无稽之谈，不足信也"，一下戳破历史上夷齐让位连带许多"禅位让贤"的鬼话，卓越的史识仿佛随口说出。

又如写到兴城古城即明末宁远，联想宁远守将抗清有功的袁崇焕遭谗被杀和副将祖大寿叛明降清：

> 宁远经营大将材，满门抄斩亦堪哀。
> 功高偏受君王忌，不见今朝彭德怀？

> 祖氏石坊今尚存，袁家斩草尽除根。
> 崇祯总是昏庸主，不信忠臣信叛臣。

杨宪益不是书蠹，他读历史读活了，他更关注现实这活的历史。他于个人利害是超脱的，但不是不问世事的隐士；他于是非曲直是执着的，但又能不胶着其中，而高出一筹，从历史的高处俯瞰，这样才有了诗，有了那些不仅基于语言敏感，而且同识见分不开的，语浅意深的妙对，如"好汉最长窝里斗，老夫怕吃眼前亏"，题为咏五次文代会，但它所概括的岂止是文坛一隅呢？

宪益以俗语入诗，以俗为雅，以俗胜雅。游深圳西丽湖的"西丽湖图一梦中"谐"稀里糊涂"，另诗"久经考验金刚体"谐"酒精考验"，不用说了；其一九八四年赠黄苗子诗"欣逢盛世休装老，预祝明朝更有钱”，一九九二年在天津提到乃迭在海南，“莫念鹿回头老伴，何须狗不理汤包”，一九九三年念及聂绀弩的“不求安乐死，自号散宜生”，“何惧黄金印，焉忧白骨精”：凡此，都如聂绀弩诗一样，为旧体格律诗注入思想、感情、语言的新血。

中国传统文化之于杨宪益，主要的并不在于从而获得典籍中的知识（他在这方面的考据也见工夫，兹不具论），而在于得其精神、风骨、节操。他浸润于西方文化多年，我以为同样是得自由、平等、创造的真谛，而不仅表现于译事的信达雅。这在我原只是混沌的感觉，这回初读诗集卷首所收的杨氏早年诗作，我以为可在一定程度上作为证明。特别是《雪》和《死》两首长篇五古，都是诗人一九三二年春即十七岁少作，不但格调高古，诗艺已臻成熟，而且其中已形成的生死观表现了一种透彻的了悟和积极的人生态度，这两者很好地互相结合渗透，是极其珍贵的。

这两首诗对人生和人格作了形而上的思考，但诉诸意象，读来亲切，不觉玄虚。可作了解杨宪益其人的钥匙，亦可作开启杨宪益其诗的钥匙。

而杨宪益作于一九九三年的《自勉》更为这一切作了明白的注释：“每见是非当表态，偶遭得失莫关心。百年恩怨须臾尽，做个堂堂正正人。”

1993 年 12 月 22 日

回头不是岸

——读辜鸿铭《中国人的精神》随记

有所谓"出土文物",又有所谓"出口转内销",辜鸿铭是一身而兼之。

辜鸿铭在西方学术界因传播中国古代思想文化而享盛名,他在国内的名声却系于他本人的一些奇谈怪论以至奇闻逸事。

过去我只是从片言只语臆度辜鸿铭其人,因为没有拜读过他的著作。他的主要著作多用英文写成,他是中国学术界躬行"送去主义"的第一人(或第二人)。——现在不是又有一番说要把中国传统文化"送去"西方、"送去"世界各国的鼓吹和努力了么?

而辜鸿铭的《中国人的精神》(《春秋大义》或《原华》)也有了中文全译本,并收有辜氏其他著作若干篇(黄兴涛、宋小庆译,海南出版社,一九九六)。在十九世纪下半叶的中国,像辜鸿铭这样一位通晓六国语言,并且熟悉西方古代文化和近代思潮的人,再加上对中国儒家经典的服膺,可以叫作学富五车,贯通中西的学者。然而读了他的部分代表著作，这位学者给我的印象却是：十分天真。

例如他仅仅从德龄著的《清宫二年记》有关慈禧太后日常生活的有限记述，就跟着赞颂这位"不仅纯朴，而且高贵"的皇太后是多么富有人情味，多么富有"高贵的……理智"的"一个伟大统治者"。除了因他对皇清的无保留的忠诚而"爱屋及乌"以外，似乎找不到别的解释。因为按照他的逻辑，"忠君爱国"是不可分的。他在皇太后、皇帝和皇后身上寄托了自己的民族自尊心。

辜鸿铭在辛亥革命后写的这篇书评中说：

> 一九〇〇年中国爆发的庚子事件，实际上是受到伤害的民族自尊心的狂热迸发；而当今这场革命，则是一次民族自大心理的狂热爆炸。然而，正是在这里，狂热分子不久就会发现他们犯了一个可怕的错误。洋人绝不会因为我们割去发辫，穿上西服，就对我们稍加尊敬的。我完全可以肯定，当我们都由中国人变成欧式假洋人时，欧美人只能对我们更加蔑视。事实上，只有当欧美人了解真正的中国人——一种有着与他们截然不同却毫不逊色于他们文明的人民时，他们才会对我们有所尊重。因此，中国目前最迫切的改革并非割发或换发型，而实在是……派出我们的良民——最优秀的中国人——去向欧美人民展示我们的真相。简而言之，这种最优交往，或能有望打破东西的畛域。（《中国的皇太后》，《中国人的精神》237 页；原发表在辛亥革命后上海英文报纸《国际评论》，曾收录在辜氏一九一二年再版的英文著作《中国牛津运动故事》）

辜鸿铭后来一直蓄辫，除了表示对皇清的忠诚外，也正是表示与"欧式假洋人"划清界限。这是被人传为笑柄的蓄辫行为的深层的理由。

他所说的假洋人，大概相当于鲁迅《阿Q正传》里的"假洋鬼子"。

而辜鸿铭在这里所说的"良民"，不知与他指称辛亥革命前的中国人为"良民"，在其英文原著里用的是不是一个字眼。他在《春秋大义》的序言中说："那时的中国人享有较世界其他各民族更多的自由。为什么？因为革命前的中国人循规蹈矩，懂得如何约束自己，如何按照一个良民的标准去办事。"（《中国人的精神》9页）

辜鸿铭把孔子和儒家学说称为"良民宗教"，他认为以暴抗暴会导致以暴易暴，只有义礼并重，"君子笃恭而天下平"（孔子）；以"礼"来约束自己的行为，"非礼毋言，非礼毋行"，循规蹈矩，就可以瓦解强权、军国主义和世界上一切不义的东西。他说这是中国文明的奥秘，中华民族精神的精髓。这就不但天真，而且近于迂阔。当他这样谈论中国文化的时候，我们看到了他似乎读经而不治史，他耽迷于儒家经典，对中国历史和现状却几近于无知的书呆子气。

回头看看辜鸿铭的小传。他出生于马来亚槟榔屿的华侨家庭，据说十三岁到英国，十六岁入爱丁堡大学，获硕士学位后又去德国读书和游历，十余年后回国，入张之洞的湖广总督衙门供职。他的青少年时代在欧洲度过，如他的《中国人的精神》一书法文本译者（古戈列莫·费雷罗）所说，他熟识了欧洲的文化却又表示了厌恶。而我们看到，辜鸿铭对中国文化的了解，只在幼时从家庭对一套礼法、风习有所亲炙，绝大部分来自书本；从国外回归本土，又迳直做了官僚，不但"丘民"即山野草民无缘接触，即于市井基层民众也是隔膜的。他从分析欧战即第一次世界大战的根源出发，反对"群氓崇拜"及于欧美的议会制度，把辛亥革命前的中国社会勾画成一幅"桃花源""君子国"式的乌托邦。

他给当时的中华民国开出的"旧时丹"，跟近一个世纪后从"告别革命"到所谓新权威主义的新药方颇为相似：

实际上从欧美引进的这种群氓崇拜教，给中国带来了革命和目前这场共和国的梦魇，从而造成今日世界最宝贵的文明财富——真正的中国人遭到毁灭的威胁。……

现在我想只有一件东西……那就是"忠诚之教"——恰如我们中国人所拥有的，在我们中国这儿的"良民宗教"中的"忠诚大宪章"那种神秘的东西。这种"忠诚大宪章"将保护所有国家尽职尽责的统治者、军人和外交家们免受群氓的威胁和干扰，使他们不仅能够保证国内的秩序，还能维护世界和平。进而言之，这种"忠诚大宪章"——这种拥有"忠诚大宪章"的"良民宗教"，通过使一切真诚善良的人们去帮助合法的统治者来威镇和打倒那些群氓——从而能使所有国家的统治者在国内和国际上维护和平、保持秩序，并且用不着什么皮鞭、警察、士兵，一句话，用不着军国主义。（《中国人的精神》附录《群氓崇拜教》，165、166 页）

这又是在勾画有关未来的另一种乌托邦了。辜鸿铭的这一设想，建立在他认为中国的官僚能够做到"罔违道以干百姓之誉，罔拂百姓以从己之欲"的估计上，建立在他认为中国的官僚统治（不论何等令人失望与腐败）依然是"道德的统治"的信念上。他反对西方列强瓜分中国的炮舰政策，是由于它们破坏了中国的官僚统治，从而破坏了被他说得无比美妙的良民宗教的政治秩序！

这种"良治秩序"表现在每个妇人无私地绝对忠诚于她的丈夫，每个男人无私地绝对忠诚于其君主、国王或皇帝。辜鸿铭向欧洲人宣告，要以这种"忠诚大宪章"去废除和取代《自由大宪章》；能够拯救欧洲，使军国主义消亡的有效的道德力量，就在中国传统的儒家文明中；"欧洲人民于这场大战后，将在中国这儿，找到解决战后文明难题的钥匙"。

辜鸿铭不是在学术层面上谈论这些问题，而是直接面对实际发言的："要想赢得欧洲现在和将来的长久和平，第一件要做的事，不是像迪金逊教授所说的那样，须让民众参与议政，而是要他们从政府中永远清除出来。"

对于当时的中国人——在自然经济低水平物质生活条件下，蒙昧的文化眼界和闭塞的宗法伦理关系内苟活的，没有人权自觉的大多数中国人，辜鸿铭认为有百分之九十的人不识字是件好事，不然他们就会"想和大学生们一道"参政议政了！

我本来要从辜鸿铭的著作中挑选一些迥异于奇闻逸话，且并不仅仅是天真的、武断的、随意的言论，或虽不全面或不正确但不失其为合理的内核，表而出之；却不料笔之所到，仍然列举了一些不怀偏见的人今天据常识就可以做出明确判断的谬见。看来，辜鸿铭仍然没有摆脱中国儒家读书人经世致用的思路，即使在皇清政权垮台以后，他也不以书斋中的学术研究为满足，这就使他的黍离之痛又羼上生不逢时、怀才不遇的伤感。他关于东西方文化的文字激扬，竟用来指点欧洲的江山，因此从政治上给予评价，自是无法回避的。

我们对康有为、梁启超，对王国维、陈寅恪，不惮冷静细致地分析、剔抉，对辜鸿铭为什么不能采取同样的态度呢？一种思想成为过去的风景，在文化史、思想史的视野中是不该视而不见的。

辜鸿铭对十九世纪到本世纪初"西方汉学家"的批评，令人想到萨伊德对西方的东方学的批评。辜鸿铭指斥了一些"中国学"学者对中国的无知，也论证了做一个外国"汉学家"之难，他说，一个德国作家曾说："欧洲文明建立在希腊、罗马和巴勒斯坦文明的基础之上，印度人、波斯人与欧洲人一样同属于亚利安人种，因此他们彼此是亲属关系。在中世纪，同阿拉伯人的交往，又使欧洲文明受到了影响，甚至直到今天这种影响仍然没有消失。"但对于中国人来说，他们文明的起源、发展乃至赖以存在的基础，同欧洲人的文化完全不相干。因此研究中国文学的外国人，具有克服不了了解其基本观念和概念群的一切不便。他们不仅有必要用外于他们的中国民族之观念和概念来武装自己，而且首先要找到它们在欧洲语中的对应物……（下举"仁""义""礼"为例，略）（《中国学》，《中国人的精神》144、145页）

但绝不是说，能够了解东方文化的只有东方人，能够了解中国文化的只有中国人。"此中人"有"此中人"的局限，那就是"不识庐山真面目，只缘身在此山中"。辜鸿铭是人们常说的学贯中西的人，他有了西方文化做参照系，这是他观察中国文化的优势，但他又有其认识上的其他局限。而泛称为"汉学家"或"中国学"学者的，包括了一些通晓中文，能够从事中译英或英译中的翻译家，对中国某方面主要是人文学科的研究者，对中国国情、民俗或对中国传统文化有综合了解的人等许多档次。他们有关中国问题的或一方面的研究，毕竟总能提供不同的视角。对于西方的中国问题著作，我以为要区别情绪层面与理性层面，政治层面与学术层面，以至整体与局部、枝节，善于找到有价值的成分。尽管有一些其基本观点或整体上由于意识形态的或其他的原因不能为我们所接受，也是有助于我们认识世界（世界上有人这样看待中国）和认识自己（如某些具体观点或材料对我们有所启发）的。这是我们在向世界开放的形势下应有的开放的胸怀。那种指斥某些西方国家的中国学学者出身于军队院校，便一概否定其研究成果的论证方式，恐亦将为辜鸿铭所笑。

辜鸿铭当时对于欧美国家的批评，如把"这样一个设有议会和统治机器的国家"，比喻作"一个巨大的商行"，"在战争期间，它简直就是一群匪徒的海盗帮"，自然是基于他所持儒家的关于国家的观念。然而正如《共产党宣言》中列举的封建社会主义对资本主义的批评一样，它构成了对现代资本主义的批评之一翼，也不失其为思想材料的价值。

又如辜鸿铭一九二〇年在《民主与战争》文中，尽管有一些观点是值得讨论的，是我们不能同意的，但我认为他能够指出，"从消极的意义上讲，民主的真正内涵是：没有特权；从积极的意义上讲，民主的真正内涵是：一切平等，或像伟大的拿破仑所表述的'人尽其才'。事实上，民主指敞开大门，没有出身、地位、种族区别。这才是民主的真正实质而不是别的"，在他这一表述的范围内，我们没有持异议的理由。而无论在今天的中国或中国以外的世界上，许多人还都远未达到辜鸿铭的认识水平。

一个天真的，入世的饱学之士，以他所信仰的经书的理念为标准，不满于与书面南辕北辙的现状，寄情于过去也并不存在的乌托邦，把他对俗流的逆反心理，发泄于有时是惊世骇俗的嬉笑怒骂之中，或可说是立异以鸣高，却不宜视为哗众而取宠。

比起辛亥革命前后的革命派吴稚晖在日常生活中某些近于插科打诨的丑角姿态，文化以至政治上的保守派辜鸿铭传为话柄的玩世不恭则更带有某些悲剧的意味。

辜鸿铭曾不止一次引用《大学》的一段名言："古之欲明明德于天下者，先治其国；欲治其国者，先齐其家；欲齐其家者，先修其身"，来说明中国儒家传统文化的价值标准和行为原则。我想到最近读了一篇有关他家庭生活的回忆。作者是他续弦夫人的甥女金秉英女士（已故）。她回忆她少女时代的同伴，辜鸿铭的女公子辜娜娃，这大概就是英国大作家毛姆访问记中写到的辜鸿铭那个讨人喜欢的小女儿，幸耶不幸，她生于大清皇朝倒台的同一天。"辜鸿铭一死，真是他们家的一棵大树倒了。娜娃的妈妈一气，去了南方，音信皆无"，十几岁的娜娃一下子就到一个小庵削发为尼，从此灰衣布鞋青灯黄卷。辜鸿铭后半生没有出仕，无所谓"人亡政息"，但，所谓"寂寞身后事"，用来形容辜鸿铭，是再合适不过了。

1996 年 7 月 12 日

北大精神北大人

　　今年要纪念北京大学建校一百周年。一百年来，北京大学有光荣也有耻辱。光荣无过于成为"五四新文化运动"的发祥地，成为"五四"所倡导的科学与民主精神的发祥地。北京大学蒙受的耻辱，则是在沦于敌伪的年月，沦于既不讲科学也不讲民主的人掌权的时段。

　　可以说，北大的光荣传统就是为科学与民主而奋斗，这是"五四"精神，也是北大精神。过去，北大老校址红楼是北大的象征；五十年代以后，北大迁往西郊被撤销的燕京大学原址燕园，而红楼和连带的建筑改归若干政府机关，相应的"民主广场"也已不存；后来人们说起北大，倒是拿燕园里的未名湖和水塔当作标志了。不过，好在北大精神的载体不在物而在人，我们回首二十世纪，无数北大人在现代史上为科学与民主所作的奉献，煌煌不掩其光辉。

　　历数百年北大人，首推开风气之先的蔡元培先生。而在世纪下半叶，我认为马寅初堪称典型，"先生之风，山高水长"啊。

　　马寅初先生一九五七年发表高瞻远瞩、切合国情的《新人口论》，随后不久就遭到声势浩大的围剿。我是直到最近才读到他本人几份表达立场的声明。其一曰《接受〈光明日报〉的挑战书》，说"我虽年近八十，明知寡不敌众，自当单枪匹马，出来应战，直至战死为止，决不向专以力压服不以理说服的那种批判者投降"。他还说，"不过我有一个要求。过去的批判文章都是'破'的性质，没有一篇是'立'的性质；徒破而不立，不能成大事"。到一九六〇年，他在《重申我的请求》中又说："过去的二百多篇文章都是'破'的性质，现在的五篇也是'破'的，我总希望诸位先生多费些时间，做些真正的研究工作，写出一篇'立'的文章出来。你既然说'马寅初对大跃进情形的解释是不科学的'，那么，读者们都希望你做出一个科学的解释来。"云云。

在论战激烈的时候，有几位朋友力劝马老退却，"认一个错了事"，以免影响既得的政治地位。马寅初先生写了《对爱护我者说几句话并表示衷心的感谢》，他说："学术问题贵乎争辩，愈辩愈明，不宜一遇袭击，就抱'明哲保身，退避三舍'的念头。相反，应知难而进，决不应向困难低头。我认为在研究工作当中事前要有准备，没有把握，不要乱写文章。既写之后，要勇于更正错误，但要坚持真理，即于个人私利甚至于自己宝贵的性命，有所不利，亦应担当一切后果。我平日不教书，与学生没有直接的接触，总想以行动来教育学生，我总希望北大的 1.04 万学生在他们求学的时候和将来在实际工作中要知难而进，不要一遇困难随便低头。"这可以视为马寅初先生关于治学、关于做人的谆谆嘱咐，他对后生学子的一片厚望蔼然可感。他主张并且身体力行的这种坚持真理、不向困难低头的精神，既是现代的科学精神，民主精神，又符合中国文化中"三军可夺帅，匹夫不可夺志"，"富贵不能淫，贫贱不能移，威武不能屈"的传统。

我想，马寅初是北大人的代表之一，在他身上体现着北大精神。这种精神和这种典范，是当代中国知识分子足可引以自豪的，也是我们应该当作镜子经常揽以自照的。

上引马寅初的遗文，当时未能得见（也许因忙于"改造"，自顾不暇，疏于读书读报之过）；近从北京师范大学出版社《人世文丛》第一辑"学者卷一"读到，丛书由张岱年、邓九平主编，是一套读来受益的好书。

1998 年 1 月 6 日

艾青隽语

许觉民先生在《文汇报·笔会》上发一短文忆艾青，提到诗人一些机智又深刻的话。

我和艾青私人接触不多，在一些公众场合，只要艾青在场，他不一定成本大套地发言，但总能听到他几句隽语，即使不是"妙语连珠"，也够得上三颗五颗散乱的珠玑，迸落席间。

艾青是个有风趣的人。他不说教。他对什么事反感以至愤怒时，也直说，直说之外，还常常旁敲侧击，弦外有音，或绵里藏针，刺他一下。

友朋相聚，开怀相对，艾青就更加不拘绳墨，讲笑话，大家被他逗乐，他也感到高兴和满足。

记得五十年代，他已经遇到点麻烦了，却还谈笑自若，不知是不是借此排遣。他出了个上联："张佐良王佐良张良王佐"，张良王佐古人也，王佐良是英国文学研究家、诗人，张佐良不知有无其人，以此征对，无人应答，艾青就自己对出下联："王八蛋鸡巴蛋王八鸡蛋。"众人醒过神来，哄堂大笑。虽是粗口，在座严肃长者如公木、何其芳也都没加以责备。这合乎人情，不能让我们的诗人老是深锁愁眉，吟哦"为什么我眼中常含泪水……"如果那样的话，也许早在三十年代就"不幸短命死矣"。艾青小时候也许在私塾背过对句，后来写现代诗，倡导散文美，从来不讲对仗。这个上联也许是别人出的，下联则肯定出自他的响应，我甚至怀疑艾青是面对一些让他骂出口来的人和事，先有了这下联，气消以后再去配出上联的。不过拿不出具体的根据，只能是揣测了。

从早年的《诗论》，你就知道艾青绝不信从什么"温柔敦厚"的"诗教"，他目光犀利，出语亦犀利，幽默时而流于挖苦，热讽时而近似冷嘲，得罪人亦在所不计，可以说口无遮拦，他并不像刻意为之的"语不惊人死不休"，往往随手拈来，便成妙谛。

若在人际关系正常的承平岁月，诸如此类不过化为哈哈一笑，但在斗得乌眼鸡似的年代，"魑魅喜人过"，艾青的笑话在窥伺者那里都叫作"怪话"，是不满的表现，不满即犯罪，平时的告密材料，到运动中就摊牌，变成揭发的口实，定案的根据了。

据说艾青说过："党内有两部分人，一部分是专门整人的，一部分是专门挨整的。"不记得艾青是怎样辩解的，比方他是在什么语境下说的，还有上下文凑起来就全面了什么的。我们今天看来，顶多不够严谨罢了。应该说，整人的人有时也被整，被整的人有时也整人；在铁杆地专以整人为能事的人（如康生之流，从无挨整的历史，这是少数），和压根儿只配挨整的人（其实不在少数，或因出身的"原罪"，或因历史包袱，以及别的无妄之灾）之间，还有一个广大中间地带，有时被迫或自愿跟着成心整人的人凑凑趣助助威，有时又绝非自愿地跟着挨整的人被"捎带"上，等等。艾青此语被人揭出，有一句就够了，你说有人专门整人，指的是谁，矛头指向哪里?!

据说艾青还说过："有的人创作搞不了就搞评论，评论也搞不了就当领导。"这里所谓领导自然指的是文艺界的领导，大家也知道指的是谁；但这样作全称判断未免伤众，不仅文艺界的大小领导都会"吃心"，连所有评论家也都打击了。我无意替已故的大诗人艾青辩护，以他的高傲也不屑于接受后生小子代他辩护；我相信他讲过这样毫不"策略"的话，既图一时快口，却是全无机心，没有戒备之心，百分之百的诗人气质了。若是心生抵触者具有同样的气质，那结果可能互骂一场了之，或是指其自高自大，一笑置之，但不然，艾青就得为这样的话付出代价。王朔若生在艾青当时，有他的官司好吃；然而王比艾青聪明，搁在当时他多半就不瞎说了。

斯大林时代不断挨批但幸免于死的大音乐家肖斯塔科维奇（Dmitri Shostakovich），也说过类似的话，在他口授的回忆录里，但此书是遵照他的遗嘱于他死后在苏联国外出版的。他在回忆他的老师、曾任彼得堡／彼得格勒／列宁格勒音乐学院院长至一九二八年的格拉祖诺夫（Alexander Glazunov）时追忆了这位热爱音乐的老人的人品，在权力和利益面前令人惊奇的尊严和荣誉感，说他"不是因为缺乏作曲的天赋和技巧才参加社会活动的；他才华横溢，是一位艺术大师"，作为陪衬和对比，肖斯塔科维奇说："只有在现在，喜欢参加会议、作出决定和指挥别人的人才是干本职工作一无所能的人。这些废料一旦有个一官半职，便一面吹捧自己那些没有价值的作品，一面运用手中的一切权力去扼杀、埋葬光辉灿烂的音乐。"

肖斯塔科维奇在这里指的是赫连尼科夫（Tikhon Khrennikov），也是作曲家，从一九四八年起连任苏联作曲家协会主席。我读过他主编的《音乐欣赏教程》中译本。后来才知道他一直等待时机要置肖斯塔科维奇于死地。他像一条鬼影，在肖斯塔科维奇身后紧跟了二十多年！

从诗人说到了音乐家，扯远了。遗憾的是，艾青没有留下一部回忆录，哪怕是口授的。

八十年代，有一次我和几位同事一起去看望艾青，那天他兴致很好，向我们忆起他的童年，我们正听得入神，却被什么所打断，真扫兴，话头再也捡不回来。后来我曾向高瑛建议，室内备一拍纸簿，艾青有什么说法，有用的，有趣的不管是对家人，对外人，及时记下来，就像爱克曼（Johann Peter Eckermann）记录整理的《歌德谈话录》那样，甚至涉及面更广，比之更丰富多彩——那时候我没注意到，我所见到的那本书是节译。

艾青用笔写下的，我们有了，他毁弃的《大上海》原稿是不可复得了。艾青自己的"口头文学"，即兴之"作"，除了揭发材料所载以外，应该还可以从亲友记忆中搜集到不少的吧，我这样想。

2002 年 3 月 20 日

面对《路翎全集》的杂感

一九八九年九月一日，我开始写不准备发表的札记，编了号，第〇〇一号，标题《惜昙花》：

今天进了阳历九月，北京的最好的季节。张爱玲说过的，"清如水、明如镜"的秋天。除了照例早午晚来去鸣笛的警车稍稍破坏了这秋天的清明的气氛，风从窗纱吹进来凉凉的，太阳晒在身上暖暖的，再过几天就是白露了。

张爱玲写秋天"清如水，明如镜"这句话在一九四四年九月。她最好的创作季节，也只不过是一九四三至一九四五那两三年吧。当时在上海有她，在大后方的四川有路翎，在沦陷的古城北京有袁犀即李克异，年纪相仿，都以中长篇显露了自己的才华。这三位最有希望成为大家的二十多岁的小说家，不久都因各个不同的政治原因搁笔，该说是十分可惜的。中国的土地上，昙花太多了；中国的天空上，流星太多了。

这三个被遗忘了的中国四十年代的小说家，其实是很值得研究一下的；至少在鸟瞰那一时期中国文学的人，不该对他们视而不见。……

把这三位现代小说史上的名家相提并论是否恰当，学者们可以研究。而我认为的路翎本是可以成为大家的，这个看法至今没有改变。

我在抗日战争的八年中，住在沦陷的北平，路翎的名字是直到一九四七年前后才知道的。那时我开始痴迷于《七月诗丛》第一辑，倾心于那些诗人的作品，也记住了他们的名字（包括日本反战同盟的绿川英子女士），也逐渐熟知他们的友人路翎的名字，记得曾浏览《饥饿的郭素娥》，笼统的印象是，中国出了一个佐拉（Émile Zola）！这样的印象是否准确，当然也可以讨论。那时读小说的兴趣集中到了解放区的作品上，对大后方的小说忽略了。以致《财主的儿女们》是直到一九五五年反胡风后赶着补看的。

那已经在拜读路翎新作《初雪》和《洼地上的"战役"》之后。上世纪五十年代初，经常读到的新小说，每每给人"公式化、概念化"的感觉，那是文坛上不但从蒋管区来的而且从解放区来的有识之士都已经发现的弊病；这时候，路翎从朝鲜战场归来，带回两篇小说，确实是一派清新。直到"反右"当中，在我的诸多罪状之外，威严的支部书记还加上一条——邵某曾到处向人推荐《洼地上的"战役"》。

我所以不厌其烦地缕述这些琐碎的流水账，因为读者和作者的关系就是通过作品形成的"神交"，最好的境界是"心有灵犀一点通"，所谓心弦有共振；大量的中间状态可能是过目即忘，或偶作谈资；至于最不济的，则是读者感到"语言乏味，面目可憎"，那就只有弃书而走了。

反胡风运动标志着我国读书界自由阅读史的彻底中断。

七十年代末到八十年代，是知识分子广泛卷入"初读"和"重读"的时代。坦白地说，是由于"反右"后陷入异类的处境，使我对先我们罹难的胡风和他的文学朋友们，产生一种近于同病相怜的感情，我热衷于了解胡风事件的前因后果，有关的人事牵连，还有相关作者的新旧作品，并且写一些读后感。但关于路翎，我却写得很少。一则因为我着重点还在诗人与诗，二则我以为路翎是一个相对巨大的存在，不可以"随笔"待之。但我还是用随笔的形式，写了《〈路翎小说选〉评点》三则，那是在一九八六年四川文艺出版社出了《路翎小说选》之后，忘记是应哪个刊物约稿，后来收入罗飞（杭行）主编、宁夏人民出版社一套丛书中的《热话冷说集》里。

　　再就是上引我八十年代末的札记，认为路翎在四十年代中展现的势头，已经预示他可望成为大家。这个势头却不幸被历史的黑手拦腰斩断，成为文学界、读书界永远的遗憾之一。

　　这就是在阅读领域我和路翎的一份看似浅浅却也是深深的文字缘。

　　在现实生活中，我有缘从一九八三年起成为路翎在北京虎坊桥的邻居。牛汉每每骑自行车来看望路翎，然后多半到我处小坐。不过，我跟路翎的直接接触，开始于工作关系，就是为他送诗稿校样。他的诗稿不是我约的，应该是邹荻帆直接或间接向他索要，或是他写出后直接或间接交给邹荻帆，然后由在《诗刊》值班的我处理的。我没听说过路翎写诗，第一眼看他的诗，就被诗中一股也是清新之气抓住，"诗人者，不失其赤子之心者也"，不但是不失其赤子之心，而且不失其赤子之目，在这里诗人用其没有被混乱的世相弄昏的眼光看世界。具体的篇目记不清了，这回翻看对他小说的评点，里面提到："近读路翎写一个学钢琴的小女孩的故事（《人民文学》1987年1、2期合刊），细腻清新，使我想到几年前他的诗《一年级的小学生》，他是热爱孩子的。"我在这儿又一次用了"清新"这个词，表达作为一个读者不期而遇的惊喜。其实他的诗并不限于写孩子，记得好像还有写"扫街"的题材，其本事来自他出狱后，回到朝阳门外芳草地的蜗居，一方面继续接受街道上监督管制，一方面也还是为了每个月廿五块钱的糊口之资，不得不每天凌晨干扫街的活儿，但他的诗并不落套，不带倾诉苦情的意味，所以有关"斯文扫地"的观感只是了解内情的人的诗外联想，据我不十分确切的记忆，诗人是把扫街的劳动抽象化了，我猜，或许是他在干活时自我营造的幻觉，既升华了一件形而下的惩罚性劳役，又赋予了自我安慰的色彩？

后来我知道，路翎写出这些篇幅不大，极具艾青所谓"散文美"的纯口语体的自由诗时，正是他重拾长篇小说却不成功的时候。他的创作遇到了生死存亡的危机——而且直到最后也没能摆脱这个危机。但我以为他的可能为数不多的小诗，写得确很自由的小自由诗，却在危机之外。一是可能他恰恰在写长篇不能尽如心意的间隙，处于放松的状态下写这些诗以为调剂的，心态遂得以自由；二是他写这些类似素描以及（摄影）抓拍之作，因心态自由，也就摆脱了郑重其事恢复以写实手法结构长篇时纠缠脑际的那些"三突出"之类的干扰。这次听说全集将出版，我一直惦念着，是不是把路翎晚年写的诗也收进来了？

我也是后来才知道，那一段时间，甚至不止一段时间，而是他因胡风案得到平反，也被恢复名誉之后的整个晚年，路翎都在苦苦地写作，但他的精神状态和写作状态，都不可能重返青春了。那样一个天才，那样一个富有实力和潜力，又满怀创造激情的作家，竟成了一个力不从心的"码字"者，困惑地活着在不断失败再失败的循环当中，这本身就是一个巨大的悲剧。

我当时不知其详，只知道路翎处于忧郁自闭的状态，曾想怎样才能让他走出书房，散散心，正好一九八五年春夏之交，《中国旅游报》副刊要组织一些作者去武夷山一游，有姜德明、徐民和、盛祖宏等，我征得编辑部的同意，上门请路翎考虑，能否和我们同行，他和夫人余明英以他身体不太好和还有些事情要做辞谢了。许多年后，我想，如果当时我脑筋活络一点，再商之于报社，破例请路翎夫妇一起参与，也许能打破他们的顾虑，使这个动议不致落空。可这已是马后炮了。再想一想，路翎在长达二十五年的冤狱之后，虽获名义上的自由，实际上还困于自己的"心狱"（主要是被迫改造的"洗脑"），又从早到晚，幽处斗室，几乎是要按既定的清规戒律来爬格子，又怎么能恢复昔日的创作状态呢!？

面对《路翎全集》的出版，既为作者和他的亲人高兴，路翎的作品终于有了一个迟到的总汇，不枉他孜孜矻矻平生的呕心沥血；同时又感到心酸，为路翎，也为他同样曾经落入陷阱的朋友，以及有着类似命运，从那个时代过来的文学同人。

往者已矣。新的一代又一代走上前来了，路翎式的命运会带给你们什么样的思考？你们似乎走上了与前人不同的道路，但你们真的掌握了自己的命运吗？在你们迎来的时代，你们能够开辟出真正的而不是幻觉的自由创作的空间吗?！

2014 年 5 月 23 日

我的第一个上级

　　我的第一个上级是左荧。

　　那是一九四九年六月一日，我和另外六位华北大学同学来西长安街的"北平新华广播电台"报到。

　　从上学到上班，从学生到机关干部，对一个人来说，是"划时代"的大事。

　　一来，我就被分配到资料编辑科，左荧同志是我们的科长。高高的个子，在我这新兵的眼中，是很英挺的，待人却很温和，讲理，从不疾言厉色，说话微带口音，后来知道是河南的乡音。科里总共没几个人，大家在一间办公室。交给我的第一个任务，是建立资料卡片，我负责从报纸上搜集各地各级党政干部的姓名和职务。那时电台从新华总社分出不久，资料工作要白手起家。接着，左荧又教我们做一些改编稿件的练习，从左荧那里，我熟悉了"综合报道""压缩"这些编辑术语，我编写的第一篇稿子，就是解放军修复济南黄河大桥的通讯。

　　我们住在护国寺街麻花胡同宿舍，左荧和黄芴夫妇也住在那里，上下班不一定同路，但在业余时间的接触慢慢多起来。

那一年我十六岁，左荧比我大一倍，现在看来也不过才三十二岁，可在当时觉得他差不多大了一辈儿，他是延安来的老革命啊。他也确实像长辈似的关心我们这些"小年轻"，有时说说旧事，让我们对他的"鲁艺"生涯无限神往。有些从延安时期流行开来的词语，如"闹情绪""小广播"之类也是从他那儿听来，并且转化成我们的口语的。

电台编辑部原先是新华总社的口播部（全名应是口头广播部吧），我来电台后，上的重要一课就是"口语化"，虽然现在看来可能有些矫枉过正，但为了让文化程度不高的听众都能听懂，力避书面语言，以及听觉上会产生歧义的字眼（如"全部"和"全不"），还是必要的。在这方面，左荧也是耳提面命地谆谆告诫我们，这是个"为工农兵"的问题。日子久了，我发现，凡是从延安或其他老解放区来，而又喜爱文学的同志，都极注意积累民间口语，常常有一个小本本，随时记录听到的生动的"群众语言"。

日子久了，我知道左荧虽然做了新闻广播工作，其实一直还是想干文学，搞创作。他在抗战前没参加革命的时候，也就是"文学青年"，参加革命后，在"鲁迅艺术学院"经历了贯彻延安文艺座谈会精神的实践，仍然不改初衷。他知道我在读书的时候就尝试写作，并且在报刊上发表过一些东西以后，有一次，他说，很想办个文艺杂志。这是在 1949 年新中国成立前后，一则像《人民文学》《文艺报》这类刊物还在筹办阶段，二则社会上也还有一些民办刊物，如上海的《小说》等等，他动了这样的念头可以理解。我不知道他这个想法还跟谁说过，但我印象极深，因为我受了全盘革命化的教育，已经认为一切应该"服从革命需要"，不该强调个人的志趣爱好，一时觉得左荧的话有点出格，更出我意外。我在左荧直接领导下工作了大半年光景，因组织机构变动，我到另外的科室去了。后来也没再听说左荧要调动工作的事。

但我知道左荧对文艺的热爱没变。大约是一九五一年的"七一"，机关内部庆祝共产党建立三十周年的联欢会，左荧、黄药还双双参演了一个独幕剧（编剧是蓝光，剧名我忘了）。也在那前后，老播音员齐越作导演，吸收我参加广播剧《小燕子万里飞行记》的演播，这是根据秦兆阳的同名童话改编的，黄药演燕子妈妈，我们有那么几天总在一起排练，其中并没有左荧的角色，但他似乎也表现出很大的兴致，或许因为秦兆阳也是他们延安时期的老朋友吧。

左荧的工作岗位，先是离开了编辑部，离文字工作更不用说离文学越来越远；大概是他组织工作的干练被格外看中，他在调往创建广播学院之前，不短的时间是负责广播事业局的地方广播部，似还兼管国际联络部工作，很忙很忙。黄药又长期因病卧床了，我想左荧已经无暇顾及文艺的爱好。只见他任劳任怨地工作着，奔波着，但我还看到他极认真写的工作总结之类，表现了可谓高度敬业的精神。让干什么干什么，力求干好。这大概就是他们那一代人的典型风格。

我在一九五七年反右派斗争中受到批判，转过年来下放。一九五九年末调回广播局待分配，左荧同志那时担任北京广播学院第一任院长，点名要我去新闻系的汉语教研组。我按约定去见他时，心中不免惴惴然，因为自知犯了"反党反社会主义的错误"，深感愧对老领导，不知他要怎么批评我。但见了面，他还像过去平常那样，一句套话没说，开门见山就向我交代这个创办不久的学院人手不足，很需要教学力量，又简单地说了这个系这个教研室的情况，总之，使我毫无局促之感，更没有尴尬之感。左荧是这样一个富于人情味，善于设身处地替别人着想的人。我不能为难他，让他落一个"自由主义""温情主义"的罪名；说完该说的话，我就急忙告退。

在此后的半年多里，我跟着教研组几位才从大学毕业的年轻人一起，每逢北大林焘教授来讲一堂语法课后，分别在几个班进行辅导，另外我还辅导一个归国侨生班的作文。我逐渐习惯了这份工作，跟同学们一起听林焘先生的课，也让我长了不少见识。

最初把我调来广播电台的柳荫同志，这时负责中央台文艺部和表演团体的工作，他也点名要我上文艺部。那半年里我是两边各上半天的班。后来广院要从灰楼迁往郊区新址，我两处难以兼顾，就选择了留在城里上班。我感到有些对不住左荧，但没说出来，他也没说什么。此后，我就没再在他领导下工作过。

但在一九六三年夏天，我还硬着头皮到左荧家找过他一回。为的是高而公（我在别处写过悼念高而公的文字，他是我在电台期间从五十年代到七十年代所信赖的一位谊兼师友的兄长）。他本来在一九五〇年夏天犯过精神分裂症，后来时好时坏，但在神志清明时，仍然表现得有见解，不苟同。他在一九五八年后也被左荧接纳到广播学院，在采编业务教研组，一个时期没开课，专心编写教材。我离开广院，以"摘帽右派"之身，他虽不嫌弃，我却跟他过从少了，但偶然还到他的单身宿舍神聊。在中苏交恶升级，"九评"重炮连发的那个夏天，有一位曾经和我、和高而公都常来往的同事，忽然神秘地低语告诉我，你不要再往高尔公那里跑了，那样对你不利。我大吃一惊，我只怕我连累别人，不利于别人，这么说，难道高而公问题比我还严重？我问，怎么回事？他却不多说，怕多说了担责任。我满腹狐疑地去找左荧。左荧听了我的来意，就告诉我，在"反（对苏联）修（正主义）"学习当中，高而公有一些发言不太妥当。我急不择言，直个笼统地说高而公您是了解的，您可要保护他，别弄得他再犯病。左荧唯唯，说了些大致意思是让我放心的话。后来我也无处打听，可能"反修学习"这一关算过了，但到三年后的"文化大革命"中，旧话重提，打高而公"修正主义分子"，大概是说他在"反修"斗争中为赫鲁晓夫辩护云云，这回左荧也没法再保护什么人，他沦为"走资派"，自身难保了。

我从"文革"一开始就陷入重围，一九六七年在上下左右各派斗争的空隙里，稍得喘息，有了一点小自由。有一天傍晚走过王府井大街南口，买了几份"文革"小报，正在东张西望，忽见左荧从东向西骑车过来，我看到他，他也看到我了，但只是默契地一示意间，交臂而过，这是"文革"时受冲击者在"典型环境"中的"典型反应"。我那时直觉，是他还健康，因为从东郊定福庄骑车回复兴门外真武庙，总有三四十里路，在单位劳动一天，再骑车回家，这体力消耗可不小，但回到家，毕竟是个暂避风暴的港湾。我后来听说了左荧在广院首当其冲的遭遇，不能不深佩他的坚强。

　　"文革"结束后的最初几年，现在回想起来像是个匆忙的梦。我工作调离广播局，竟没有再见左荧。他在一九八四年逝世，还不到七十岁。我今天已经活过了七十年，但什么时候想起左荧来，我好像又回到少年时代，而他方在中年。

　　左荧是那一代参加革命的知识分子，又喜爱文艺，具有"文学细胞"，这可能是我认为他可亲近的一个潜在的理由，虽然我和他并没有熟悉到推心置腹的程度，但我以为我们之间是可以互相理解的。

　　然而，从反右以后，特别是在"文革"当中，我想起包括左荧在内的这些我所尊敬的"老延安"，我心里总有一些抱怨，抱怨什么呢？就是他们只告诉了我们革命阵营里的光明面，讲"阶级友爱"，亲如家人的一面，他们跟我们之间也是融洽无间的；但他们有意无意地向我们这些后来者隐瞒了另外一面，即阴暗面。他们中的许多人，包括左荧夫妇，都是千里迢迢投奔延安，献身抗日，但时隔不久，却在整风审干中受到无端的怀疑和屈辱的待遇，即所谓"委屈"，不是日常生活中的，而是政治性的。但他们对此绝口不谈，让我们对于一旦从"阶级友爱"陷身于"阶级仇恨"时毫无精神准备，或者用政治熟语说，对阶级斗争以至党内斗争的严峻估计不足。从反右至今，快五十年了，从"文革"开始至今，快四十年了，从一九七六年毛泽东逝世、"文革"结束至今也快三十年了。他们那一代人许多已经不在了；我的这份抱怨也没在左荧在世时向他一吐，现在又找谁去说呢。已入老境，阅世渐多，对前辈人更多了一些同情的理解，他们如果是为了维护党的光辉形象而守口如瓶，那是他们多年所受的教育使然；他们若是心有余悸，而不敢如实述说过去，或是不愿回首往事以免伤心，难道我们还忍心去苛责他们吗？倒是扪心自问，我们亲身经历的事情，我们的失足跌跤，我们的受骗上当，我们的盲从盲动，我们的经验教训，如果我们不是如实地告诉给下一代，将来他们是不是也会抱怨我们，说我们向他们隐瞒甚或歪曲了历史的真相呢？

2004 年 10 月 25 日

附：小随笔·黄一龙的假设

《随笔》刊出拙文《我的第一个上级》，说到经过新中国成立后的历次运动，不免抱怨一些来自延安的老同志：他们守口如瓶，从不向我们这些后来者说说历史的阴暗面，以致我们对残酷无情的内部斗争毫无精神准备。不久接到黄一龙兄的来信，照引如下：

　　……比起你来，我当年更是"新干部"，对于延安来的老革命更是礼敬有加。所以后来多经一些事情以后，对于他们为何对于延安整风中"抢救"即整肃知识分子这样重要的经历，居然讳莫如深，也就更加不解和更有"苛责"。现在老了，自然也很赞成尊文所谓对他们的同情和理解。

　　而且我还设想，假使他们当初不向我们隐瞒，结果又会如何呢？

一个可能是，我们提前懂得了折腾一辈子才懂得的事情，例如在二十岁、三十岁、四十岁就有了今天的认识。不过我想这种可能只是抽象推演的结果，实际上绝无可能。

相反的可能是，我们一听就跳，说他散布反动言论，甚至向领导举报，从此参加告密分子的行列，陷别人于水深火热，还以为在保卫革命保卫党，还以为自己无比高尚。此事难说不会有。记得我十岁左右时，一次偷听一位"从西北回来"的客人低声向父亲讲"那边的事"，其中就皱着眉头讲"这边"去的学生遭"抢救"。稍大以后回忆起那个场面，立即结论说那一定是个反动分子在造谣。当初能够如此认识"父执"，怎么能够保证以后不会如此认识领导？

介于两种可能之间的是从此"思想混乱"，"不明方向"，又没有今天时髦的"体制外"可以隐遁，恐怕只有自杀了事。俄国革命初期自杀的诸位，想来就是窥见了他们的革命的"抢救运动"那一面吧。

以当初的我们衡今天的青年，当我们不隐讳地向他们讲"过去的事情"，反应自然完全不会同于我们当初。但是新的反应也未可乐观：根本不感兴趣！是不是？

我震悚于一龙的假设。从他的杂文我知道，他总是在别人停止思维的地方想下去，他的假设是从一定的历史环境出发，从那时人们的思想实际出发，对过来人，真是振聋发聩，发人深思。他说起今天年轻人对历史的反应，又是完全异样的新问题。一龙这封信看似"随笔"写来，其中凝结着多少血泪，以及血泪换来的识见，这却是时下"随笔"文字中不多见的。

2005 年 5 月 6 日

不该遗忘的吴伯箫

——《吴伯箫年谱》读后

我第一次见到心仪的散文家吴伯箫，大约是一九八〇年春夏，他到虎坊桥南的诗刊社来，在老主编严辰的办公室。严辰叫我过去，介绍这是吴伯箫，我一看，是跟严辰一样的蔼然长者。年纪看来与严辰相仿，却一样精神。其实严辰生于一九一四年，他生于一九〇六年，比严辰年长八岁，一算，他竟比我大着二十七岁！只是因为他还担任着人民教育出版社的领导工作，竟不觉他已经年逾古稀了。

在严辰同志面前，我一向口无遮拦，这回见了他的老战友吴伯箫同志，我也大大咧咧地说："我十岁的时候就知道您的名字啦！"他有些意外，我说："当时在沦陷区北平，有一家杂志叫《吾友》，登了《灯笼篇》，我看了喜欢，就把作者吴伯箫记住了。没想到，过了一两期，他们又发启事，说这篇作品抄自吴伯箫著《羽书集》，为此向读者致歉。"我却没告诉吴老，几年以后，我在一篇散文习作写到乡村夜行打着灯笼，并非亲身体验，就是从他这篇文章里借用的。

而直到"文革"后花城重印了《羽书》一集，我才得见全书，也才知道原书名没有"集"字，原文也没有"篇"字。

这回看子张编的年谱，吴伯箫一九八〇年五月十日写了《〈羽书〉飞去》一文，提到《吾友》这件事，也许他不是从我这里头一次听说，但他或是因我提起这旧事，忍不住写了此文，说：

> 再一件不愉快的事，是在敌伪侵占北平的时候，在北平的文艺刊物上用我的名字发表收入《羽书》的文章。搞这种伎俩的人也许穷极无聊只是为了赚点稿费，实际上那却是硬把人往粪坑里推的行为。这种怪事是解放以后才听说的，听了令人哭笑不得……

关于《吾友》，多说两句。这是当时我读中学的哥哥每期必买的一份综合性周刊（或半月刊），面对青年，以知识性为主。朴素无华，封面纸与内文同，骑马钉装订，定价比较便宜。每期开篇有一国际时评，主要评述欧洲战场，后面中英文对照栏中，连载林语堂《吾国与吾民》。偶尔发表文学性作品，所以《灯笼篇》格外显眼。从来没有汉奸文章。我还记得此刊主编是顾湛、冷仪夫妇，我也从没想过他们会是汉奸，抗战胜利自然停刊，主编隐身，再没听说过。但也没听说国民党当局曾把他们当作汉奸处理，更没想过他们会用一篇抄袭来的一位作家早年的优美作品，竟是有意对抗日作家搞污名化的阴谋。

当然，时当延安整风审干高潮，作家本人恰身陷"特嫌"冤案，数千里外沦陷区发生此事，正与国民党统治区忽然流传吴伯箫已被共产党整死的谣言，难免让人联想，当事人后来产生"阴谋论"的猜度，也是可以理解的。

我在很长时段里，揣测那位冒名抄袭的人不过是个想混点稿费的人，而我更愿意想象他是个爱好文艺的年轻人，对这篇文章爱不忍释，喜不自胜，随手抄了一遍，索性寄出去，与编者和读者分享。

不过，看了子张编的年谱，我发现自己的想法"很傻很天真"。因为据年谱记载，一九四九年吴伯箫在文代会上见到巴金，巴金说起，文化生活社在上海孤岛出版《羽书》后，就按王统照所留吴伯箫济南地址寄发了稿酬，并收到了具名吴伯箫的回信，信上还问讯加印的稿费（？）等情。

又据年谱载，抗战胜利前夕，沦陷区作家张金寿在上海《杂志》五月号发表《北行日记》，说前不久在济南遇到"事变前文艺界鼎鼎大名的吴伯箫先生"，据他描述：

> 吴先生两条腿坏了，勉强蹭着走，远一点路便不行。他苦得很，最近正欲卖书，文人到卖书的程度，可以想见其如何贫困。吴先生言语甚为凄惨，他说，"我如果不死，我们还会见得到的"，这是我们告辞时的末一句话。他的肺病程度甚重，且又贫穷，疗养谈不到，所以好起来是颇费时日的。他现在住在他弟弟家，仍不时写文章，往上海的《文潮》，山东的《中国青年》，北平的《吾友》发表，真是苦不堪言。

这样，遂坐实了冒名吴伯箫抄袭吴氏战前旧文投稿《吾友》的便是此人，他还用吴伯箫的名义在别处投稿，会客，他这一谋生手段虽不足取，但看来别有苦衷在，不像有政治意图，而多半是着眼于钞票。这个残疾者兼病人日子够惨的，却有一定的文学鉴赏力，又有对文坛名人的一些了解，于是选中了早已远走高飞的吴伯箫。至于他怎么得到巴金寄到真吴伯箫旧地址的汇款通知，而《吾友》怎么发现这个以吴伯箫名义投稿的人属于抄袭（可能了解到吴早就离开了济南），事后是否追回了稿费，以至这位冒名者的残疾是否与这次战局有关，这些恐怕将是永远的谜团了。

而由吴伯箫收入《羽书》中的《灯笼》一文引发的这个话题，追究起来，竟有这么一串不为人知的故事。既可见年谱编纂者调查的细致与苦辛，更说明世界上的事情是复杂的。

《羽书》是吴伯箫第一本结集的散文，其中无疑浓缩着他的乡情和童年记忆。他在一九三五年送王统照先生由济南去上海时，把整理出的书稿，请先生到那个全国的出版中心探一探路。随后"七七"变起，全国动荡，吴伯箫带领一队学生投入抗日斗争，又辗转南北，奔赴延安。戎马倥偬中哪里还顾得上那小小一迭稿纸，他也许想象着已经像老舍当年的一个长篇在"一·二八"日本轰炸商务印书馆时一样付之一炬了。不料，一九四一年在延安，中共中央所在地的杨家岭山谷里，他读到上海《宇宙风》杂志上王统照为《羽书》所作的序。原来这本他的处女作已在一九四一年五月就由巴金的文化生活社出版了。真是"海内存知己"啊。

今天重读当年前辈王统照的序，其中不但对吴伯箫的少作有中肯的评价，而且就他在战火中写的通讯，更有积极的展望。王先生说："伯箫好写散文，其风格微与何其芳、李广田二位相近，对于字句间颇费心思"，说伯箫：

数在前方尽文人的义务，奔走，劳苦，出入艰难，当然很少从容把笔的余暇。然而在《大公报》我读到他的文艺通讯，不但见出他的生活的充实，而字里行间又生动又沉着，绝没有闲言赘语，以及轻逸的玄想、怊怅的感怀。可是也没有夸张，浮躁，居心硬造形象以合时代八股的格调。

伯箫好用思，好锻炼文字，两年间四方流荡，扩大了观察与经验的范围，他的新作定另有一番面目。

说吴伯箫"对于字句间颇费心思","好锻炼文字",是不错的。何其芳早年好把古典辞藻引进笔下,吴伯箫却要用口语丰富文章的表现力,如"念灯书"可能是家乡方言,却胜似说熟了的"挑灯夜读"之格式化,他又把我们惯说的"十冬腊月"写成"石冻腊月",不也是别出心裁的创意?

从少时起,直到晚年以语文教育为业,他毕生都一字不苟;绝不许他主编的文学教科书有一个错别字,有一处语法错误。而少作于何、李之间,他更近于"地之子"的山东老乡李广田,却较广田多了几分韵致。比之"五四"第一代前贤,则他的文风平实质朴,眼睛向下,不唯美,不炫技,属于叶圣陶、夏丏尊、丰子恺一路。他一九三四年评论头一年的文学,重点提出茅盾的《子夜》写了城市民族资产阶级的败落,王统照的《山雨》写了中国农村的破产,概括称一九三三年为"子夜山雨季",足见其胸怀和眼光。他忠于自己的真实感受,早期多了一点闲愁,战争中多了哀伤愤懑,都是自然流露,并无为文造情。到延安后,他采访太行写的通讯虽是全新的题材,却保持了他一贯的散文风格。在延安写大生产,写英模的通讯,是职务写作,他仍然是认真而求实的。他在《无花果——我与散文》中说:

> 行军到张家口,写《出发点》,打发了留恋延安的炽烈感情,刚在《晋察冀日报》上发表,就有人成段朗诵,影响还好。但对地方人事美化绝对了。

请注意这一句"对地方人事美化绝对了",看似随口谦逊之词,却显示了曾有的自省,像是国文老师对学生作文的批语,惟无功利之心的人有此胸襟的坦白。

这样一位恂恂君子,却在一九四三年延安整风运动中以"重大特嫌"被捕。正是"君子可欺以其方"吧，由工作问题而思想问题而政治问题，逐步升级，逼得老实人割喉、撞头，想一死了之。事后所谓平反却还不作结论，留了尾巴。日本投降，前往东北开辟工作，参与接管和创办新型大学，主持校政过程中，他以自己的言传身教打破了新区群众对共产党的疑惧，以自己的形象扩大了共产党在成百成千青年中的影响，这从他得到"老妈妈"的诨号可见一斑。

整风以后的二十年，吴伯箫孜孜矻矻，献身教育。一九六六年起又遭批斗，一九六八年仍被"隔离审查"，一九六九年去凤阳干校劳动，一九七二年，六十六岁时得回北京等待分配工作。一九七三年参与恢复在运动中撤销的人民教育出版社。但年尾年头，就遭逢了从"批林批孔"进而"评法批儒"的"战略部署"。此时吴伯箫已患冠心病。但雪上加霜，先是编选教材时，《诗选》中不许选李白，据说姚文元认为李白不是"法家"云云；紧接着，一晚上有人来，传达当晚六点钟的电话指令，为批判毒草《中国古代文学作品选》，"你翻翻这两本书，提出批判重点，明天早晨写出书面意见！"这个任务欺人太甚，吴伯箫一口气咽不下去，干脆回答："不干！"这是一座沉默的火山的突然迸发，导致了老人冠心病发作。

幸亏两年后结束了所谓史无前例的"大革命"，以及相应的"大批判""批倒斗臭"等恶行。十亿人民得以喘息。吴老也赢得了最后几年相对舒心的日子。

读这本《吴伯箫年谱》，正像它的副题"编年事辑：1906—1982"，恍如读了一部繁简有度的吴伯箫传记，随着年光的转换，吴老一生的沧桑尽在读者的眼前心底一一掠过。沉浸在一派生死荣辱、悲欢离合的气氛当中，竟不能自拔，不知何以终篇。

2016 年 11 月 1—2 日

常风纪念

　　一九九五年三月，我去太原开会，还有个私人的目的，就是拜访常风先生。我向谢泳问山西大学的路，他说我带你去。常风先生已经卧床很久，我和谢泳就分坐在床两边，那时候先生气色还好，见我们来了挺高兴的。彼此说了一些在书信里顾不上说的话。照了相才告辞，握别的时候真有些依依不舍，不知道什么时候再见。其实，这是我和常风先生的第一次见面，也是最后一次见面了。

　　我和常风先生该说是忘年之交，他论年龄是我的父辈。我们之间的一点文字缘，是由于吴小如兄的介绍。小如于我谊兼师友。我们是一九四八年相识的，那时我十五岁，他二十六岁，我读中学，他虽在大学听课，却早已同时教书、当编辑了。我向他代沈从文先生编的《华北日报》文学周刊投稿，他又把我的一个短篇《竹结米了》转给天津《民国日报》连载，这是写一个农村小媳妇的生活，她的丈夫被国民党抓了壮丁。稍后，我还写了一篇万把字的《送寒衣》，"十月一，送寒衣"，一个乡下老大娘给当兵死了的儿子烧纸，——当的是国民党的兵，死在内战里，——也是白发人送黑发人。吴小如告诉我，他替我转给了《文学杂志》，拟在当年年末的第六期刊登。

商务印书馆出版的《文学杂志》，在我心目中像是一座文学殿堂，不仅因为装帧高雅典重，且翻开目录尽是一代名家大家，我觉得它离我很远很远；比如我至今记得上面有燕京大学校长陆志韦的一组《杂言五拍诗》，我现在还记得其中一句：

　　　　是一件百家衣，矮窗上的纸。

这句诗描写的情景我在古城里早已见惯，但诗人在每一"拍"上都加了着重点，让人感到这确是对新格律体的实验，是认真的学术探讨。我原来只知道这本杂志是写《给青年的十二封信》的学者朱光潜主编，小如说具体负责编务的是常风先生。

常风之名我早知道。在诗歌散文小说剧本之外，废名的《谈新诗》和常风的《弃余集》是我少年时代读来不感枯燥而能引人入胜的批评著作，是我的两本启蒙读物。现在我的东西能经常风先生之手发表，不是意味着这位蒙师首肯我的作业吗？

不知道是否也由常风先生经手，我收到了《送寒衣》一文的稿费，是决定刊用就致酬了，我记得拿到新币金圆券二十元，用来买了一双新鞋。可惜，由于时局的变化，《文学杂志》停刊了。一九四九年初北平和平解决，编者朱光潜、常风两先生都留居北平；刊物虽是在上海印刷发行，但一九四八年的末期也没得出来。

从一九四九年开始的"天翻地覆"，把所有年龄段的人都卷了进去。偶向小如问起，据说一九五二年院系调整以后，常风先生被调到山西大学，正如我所心仪的废名先生、杨振声先生也被调到吉林的大学里去了。那时候我一切相信政府和党组织，对这种大事从不多想，院系调整既是必要的，那么调动也是正常的，为了支持外省高校，需要加强地方上的师资力量嘛。

我在反右派斗争中翻船，陷入自顾不暇的境地，竟不知道常风先生也被打下去了，直到我的右派问题澄清，才听到这个迟到的消息。二十多年过去，我的年纪比当年的先生还大了。

一九八〇年，我已经到《诗刊》工作。有一天吴小如说常风先生有信来，我从小如那里借来一本梁实秋寄给常风的书，是他们两位恢复通信以后，从台湾寄到太原的。书里收了一九六六年大陆"文革"时期作者听说冰心弃世以后写的悼文，披露了冰心早年写的一首诗《一句话》，过去没有公开发表过。我快睹之余，征得冰心先生的同意，把这首钩沉之作在《诗刊》发表了，很得爱诗和喜爱冰心的读者欢迎。

我把梁氏赠书寄还常风先生，从此就跟先生有了断断续续的书信往还。

在八十年代，所谓"落实政策"之初，好像常风先生围绕着教学活动颇忙了一阵。一九五二年从北大到山大，高校里也是运动频繁，加上"一边倒"的大气候，先生所长的英美文学课，自然也无所施其教。反右一来更不用说了。只有到了改革开放的年代，人们这才真的"睁眼看世界"了，除了苏俄以外的世界文学重新进入人们的视野。我看到了常风先生审校的《英美散文六十家》上下两册，遴选精当，译笔严谨（译者为山西大学外语系著名教授高健先生），我想是经过他仔细过目亲手校订的，这对古稀老人，是脑力和体力的双重消耗啊。

我不懂外文，更是外国文学的门外汉，插不上嘴。我和常风先生的通信，中心内容可以说是是怀旧。

我向先生说起，五十年代初期，我的同事里有两位曾是中国大学的学生；其一徐泽义（徐凌霄先生之子）还听过常风先生的课，他对这位老师印象甚好，他跟我学先生穿着长衫的神态。这个大学一九四九年后就停办了，但在日本占领的八年中，相对于受敌伪严格控制的北京大学，由何其巩先生主事的中国大学，和由陈垣先生主事的辅仁大学一样，因是私立，还保持一定的独立性，那时俞平伯先生也在中国大学任教。九十年代中，我偶见北京高校校友联谊会转发的材料，里面有旧日中国大学的教师名单，不见常风，就寄给他看，才知道常风原是笔名，先生本名常凤瑑，字镂青。过去是以字行。他在清华读书时，就叫常镂青，知道他的名和字的都是老同学。后来，先生告诉我，他跟山西太原的中国大学校友会分会取得了联系。他还跟我说了一些几十年前例如在清华时的旧事。我感到他十分念旧，总是以近乎诗性的感情说起多年前的师友。

有一件旧人旧事他是铭记在心的。那是关于李克异的回忆。李克异在一九三七年抗日战争前夕，因在先已沦陷的东北从事抗日活动，待不下去，逃到北平。当时还不满十八岁，在中南海新华门东边不远的艺文中学就读，他班上的国文教员就是常风先生。那时候李克异已经在报刊上发表过文艺作品，他的才华和文笔立即获得常风的欣赏。这种师生的过从似乎时间不长，如果我记得不错的话，李克异又一度回过东北，那时他已是中共的地下党员，然而又待不住，并且失掉了组织关系，重回北平。我在一九四三至一九四四年间读到他以袁犀笔名出版的长篇小说《贝壳》，就是他那段时期写的。抗战胜利后没有了袁犀的消息，原来他和爱人姚锦上张家口去找党了。一九五〇或一九五一年，我在《新观察》上看到他写的《不朽的人》，打听之下，才知道他随铁道兵上了朝鲜前线。六十年代听说他写了电影剧本《归心似箭》，影片却在多年后才开拍。一九七七或一九七八年，李克异在中国青年出版社改订长篇小说《历史的回声》书稿时，竟在写字台前猝然去世。常风回忆起当年这个学生，不胜叹惋，原来常风一直关注着他的创作生命和人生道路。直到九十年代，他和李克异的妻子姚锦还有通信联系。

知道这段故事后，我每经西长安街原艺文中学（后改为二十八中）校址时，总会想起常风和李克异这一对师生的文学缘分。沦陷期间还有一位很优秀的青年作家毕基初，四十年代后期也曾在艺文中学执教（后来听说他是中共地下党员，已故），常风先生早在三十年代就离开那所中学了，所以不认识他，如恰逢其会，他们也会成为文学知己的吧。

常风先生的旧作《弃余集》《窥天集》，得到主编者和出版者的青睐支持，加入"脉望丛书"中重版了；经过多年动荡不安的生活，老先生自己的存书存稿大都佚失，他的旧作，有的是姜德明兄从藏书中找出来作底本的。

常风先生在晚年写了系列的忆旧之文，感谢谢泳在太原就近索稿，并陆续在他任职的《黄河》杂志发表。这是一组美文，保留了若干历史细节，并可见老一代文化人的风度。

常风还有一篇回忆录，写叶公超（原载台湾《联合文学》，是陈子善先生约稿），老清华和西南联大的外语系主任，新月社的重要成员，也是一代才人，但因从政做了国民党的官，大陆文化界久已不再提起。我于一九八九年访美回来，说在旧金山曾见到叶公超的女儿，常风先生还十分关切，也许因为他身边有三位"千金"，都跟他共了几十年的患难，膝下还有可以为他代笔的孙女，推己及人，对老友叶公超妻离女散的遭遇不免有所同情。还有一次，我见《北京晚报》有一篇短文，写到四十年代末北平那一个文人圈，便剪寄给他，他断定作者是朱光潜的大女儿朱世嘉，说"世嘉由东北调回后即住燕南园 66 号朱老家"，云云，他直到迟暮还记得当年中老胡同那一群孩子吧。

与他年齿相仿的老友，差不多都已先后谢世。据我所知，这些年里住在北京的朋友，只有萧干（为文史馆事）、吴小如（因短期讲学）

出差太原，去和他叙过旧，此外，就是我这个晚辈通信朋友，也是趁着上太原的机会看望了他。

老人晚年缠绵病榻，虽有年齿相若的夫人照应，有三个女儿侍奉在侧，但内心还是寂寞的，回顾一生，思念旧友，难免时有悲凉之感袭来，这从他给我的来信可知。他是每信必复，而他的字迹越来越难辨认了，我知道他手无力，每说不必作复，后来他从医院出来，有一天精神较好，打起精神给我写信，写到一半，终于还是口述，让女儿给续完的，女儿还把他写的部分"翻译"出来。先生还要亲自签名，写"弟常风拜上"。我不能不为之感动——"感动"这两个字，殊不足以状我的辛酸心情。后来，有一天，我又接到"山西大学常缄"的信，原来是告诉我，常风先生去了。

常风先生，许多应该知道他的人已经不知道他了，知道的也多半只知他是一位外国文学的好老师，却不知道他还曾是一位好编辑，一位好的书评家，二十世纪三十年代的中国文学界，能够数得上的书评家，大约也只有常风、萧干、李健吾三位吧。我是后来人，没有亲历，仅凭浮光掠影的浏览，有此印象，如果说得不确，还请方家指正。

2003 年 8 月 7 日，立秋前夕

忆诗人蔡其矫

　　我迟迟没有给电话地址簿上的"蔡其矫"画上黑框，因为我几乎不相信他已经不在了。

　　我听到他去世的消息，就想起他在七十岁时写的："苦苦等待新的命运，不知老之将至。"那是 1988 年，从那以后的十五年来，他果然是"惟把虔诚献给诗，难以传达的则用沉默表示"！

　　这个蔡其矫，这个蔡诗人，这个老蔡，他真的是至死都"不知老之将至"，在别人早就自知"老之已至"的年龄。他去世的第三天，我在厦门，打开厦门日报，就见年月女士编的"海燕"副刊上一大幅照片，是 2006 年 5 月诗人在鼓浪屿露天大型诗歌朗诵会上，正昂首诵诗，一脸阳光，一袭红衫，虽然微皱眉头，哪里有丝毫老态！

　　不过，这大约是被诗情和群情所鼓舞，乃作天鹅之歌了。去年 10 月在北京友谊宾馆的研讨会上见他时，他确已不如前些年的矫健，让人觉得只有左右扶着他才更稳妥。

　　从 1983 年到 1998 年，我住在虎坊路。很长一段时间，老蔡每到北京，从他住的大雅宝胡同或东堂子胡同骑车来西城，到我们楼里看望陈企霞夫妇，总要顺便到我家里小坐。九十年代中骑车被撞，伤了脊骨，才不再骑车了。此后，他虽痊可，但渐渐发胖，有时坐长了，就打起盹来。不过只要一睁眼，一说话，露出人们惯见的饱含魅力的笑容，就还是透出朝气和童心的那个蔡其矫了。

生老病死，人生之常。然而像老蔡这样与衰老无缘，怎么能跟"寂灭"联系起来呢。

我跟老蔡可以说是忘年之交。一是照习惯说，相差十五岁该算是两代人，再则跟他相处，真的会忘记彼此的年岁：他待人平易随和，使你忘记了他是"长辈"，有时甚至不免开些没大没小的玩笑，而在他面前，自然也没有自觉老大的理由，倒是让他给"熏"年轻了似的。

其实，我和他的交往很晚，知其名也很迟。1949 年以前，选有"解放区"诗作的书刊上，不曾见过他的名字。上世纪五十年代初期，主要是推广延安讲话后文学作品的"中国人民文艺丛书"中也没有收入过他的诗作，如诗选《佃户林》尽是民歌体的工农作品。大约在 1951 或 1952 年，我才从一篇手抄稿读到了他的《兵车在急雨中前进》：原来晋察冀边区还有这样的诗人，这样的诗风！我也就明白了，尽管他写的是军事生活的场景，这样的作品却不可能作为"工农兵文学"的样品推出——甚至像《肉搏》这样在抗日战争的血与火中产生的，曾在抗日根据地得奖的诗作，都被遮蔽了多年——我也是多年以后才"发现"了这首诗！

这一历史现象，不能不说是因对诗歌源流问题上的糊涂认识，导致对文学"萌芽状态"不恰当的推重，也造成文学认知上的误解和评价上的混乱。

我在这里不想多谈这个方面，涉及文学发生学和文艺美学的话题，也是我的学力所不胜任的。

五十年代诗集出版的数量有限，我记得蔡其矫的《回声集》《回声续集》和《涛声集》在1957年前一面世，我都是第一时间购得，但报刊上不见任何反响，显然在文学界领导和评论家们那里，是视为非主流的。回忆我当时的直觉，其有异于主流者，也是后来一以贯之的，一是题材上较之当时一般作品显得宽阔，且不单"反映现实"，还有内心真情的披露；二是诗人能把每一个词安放在最适合它的地方，词语组合氤氲出诗意的过程和结果都是和谐的，文字运用的熟练，也得归功于他对语言的感觉精细入微。没有对母语的热爱是不能达到这个境界的。

一九五七年六月初的端午节，诗刊社在欧美同学会原址开茶会，在会上见到了诗人蔡其矫。大家半戏谑地称他为"大海诗人"。因为他刚在五月下旬出版的《诗刊》上发表一首长诗《大海》，写的不是大自然的海洋，而是以大海为比兴献给斯大林的一首颂歌，写于同年2月，即赫鲁晓夫揭发斯大林个人迷信及其后果的一周年，却完全符合中国主流意识形态对斯大林"功大于过"的评价口径。

蔡其矫晚年编辑"诗歌回廊"时，仍然将它收入，但未循例以写作时间为序，而是附在《人生系列·雾中的汉水》一册之末，既表明了他今天对斯氏改取批判态度，又表现了不为己讳的勇气。

由于主体和客体等方面的原因，人对复杂的社会历史现象的认识，是一个不断深化的过程。

经历了动荡的1957年，他在年底时写出了《雾中的汉水》和《川江号子》这样的诗，为个人的写作掀开新的一页。而《大海》可以说是他告别斯大林时代的最后的挽歌了。

"文革"结束，十一届三中全会闭幕不久，一九七九年一月，在北京的全国诗歌座谈会上，一百多位、几代的诗人久别重逢，还有些从未晤面的朋友也亲切相见，正所谓旧雨新知，济济一堂。正在福州的老蔡得到通知，赶回家乡园坂取了冬衣，匆匆北上。

那次会上，胡耀邦跟大家见面，讲了话，要大家思想解放，写出好诗。

应该说，老蔡的思想比一般人解放得早。从"文革"时流放闽西的八年，他就以疏离主流的心态写着明知无法公开发表的诗，并以诗会友，结识了上山下乡知识青年中的许多新诗爱好者，其中有舒婷和她的朋友们。接着，他在一九七八年《今天》创刊之前，就跟北岛、芒克等有了交往，并支持他们这一群体的文学活动。年轻的诗人从他身上感受到对诗、对自由的强烈执着的爱与追求。

从一九七九年起，他除了以更加自由的意志写作外，还一度废寝忘食地编辑《榕树》文学丛刊。他好像有用之不尽的精力，向他约稿，有求必应，向他请教，有问必答。记得有一次我提了一个问题，他特意抄引了一大段雨果的话来作答，让我感动（可惜一时找不到，但我曾注意保存，总有一天会翻出来）。他以真心对人，故他在几代写诗的人中都有可以信赖的朋友。我每次到他家去，常可以遇到年青的诗人。他青春的心是有吸引力的。

一九八二年夏，我在青海路上，跟同行的安徽诗人刘祖慈相约，秋天骑自行车走皖南，完全自助，循着李白的脚印，遍游池州、南陵、当涂、宣城、黄山。还说好征求老蔡意见，看他愿不愿同行，结果一拍即合，蔡诗人立马同意。不料变生不测，到九月末，几近成行时，我忽奉命要去重庆参加一个会（就是以"高举社会主义诗歌旗帜"相号召，对舒婷、北岛进行缺席审判的那个所谓"座谈会"），我去不成了，眼睁睁看着刘祖慈和蔡其矫欣然就道。

我觉得老蔡已经写得够多了，他却直到晚年还有宏大的写作心愿。

我知道他对郑和产生了浓厚的兴趣，这兴趣来自他由衷地关注海洋，关注与海洋有关的一切。我便给他寄去一些有关的资料，才知道他已经做了相当充分的准备，是要写一部长诗的吧，正像他把自己对大海、对渔民的感情投射在妈祖身上一样，看来，他把他对大海远洋向往的胸怀，乃至与世界各民族交通友好的愿望，将都寄托到郑和身上。我想，这部作品可能没有最后完成，也就无法问郑和是否能承担得起了。

回首近三十年的往事，我又重看了蔡诗人早年给我的信。

我于一九七八年十一月（或十月下旬）到《诗刊》工作。那时只想做两件事，一是让长期沉埋的老诗人"出土"，一是把"地下"的年青诗人群引到"地上"。我给蔡其矫写了一信，告诉他我对某诗的一些想法，主要是希望他能先拿可以免于争议的作品来"亮相"。他在一九七九年一月三日回信说："在某些方面我很缺乏自知之明。《地下……》大约因有不少爱情字句，而且是自己的，就不免会受攻击吧？这样的诗，我有不少，都难拿出。这一回也是考虑不周，但给你看是不怕的。"后来，发表了他的长诗《玉华洞》，各方面反响很好。

他在一九七九年新年前夕，"写下这样几句祝愿"：

像宇宙一样敞开的心
普通劳动者的太阳
穿过正在消散的云层
瞠视着自己创造的神像。

每一根战栗的心弦
都回响着过去的悲伤，

谎言的诗已断丧
真理的歌声多么响亮！

人民拒绝黑暗的王国
也拒绝对贫穷歌唱，
心因为流血而更鲜红
眼睛注视着未来的希望。

最后结句写道："让霸主、官主都消逝／上升吧，民主的太阳！"像"民主"这样的词语，作为褒义词，当时人们已感陌生，因在"文革"初起，"自由民主"就成了"资产阶级的遮羞布"，到"文革"后期，则大张旗鼓地号召打倒"资产阶级民主派"了；而诗人在这里把"民主"和"官主"对举，确有新意，也让读者一醒耳目。这首新年祝愿是写在信里的，我不知道后来是否写定发表过。

谁说诗人蔡其矫不问政治？他在这里，而且不只在这里，披肝沥胆地宣布了自己的政治态度。

2007 年 3 月 5 日深夜

忆公刘

　　第一次见到公刘，是四十九年前，一九五四年春天，在中国作协诗歌组的小会上。想象他在云南西盟深山的哨所，某个清晨，"我推开窗子，一朵云飞进来"，这个诗人和他的诗，也就像一朵云带着山风、草香和激情扑面而来，进入每一个读者每一扇打开的窗子。

　　我们走到东总布胡同西口小街上分手，我望着他骑上自行车，穿军装的背影远去。那时我们多年轻。这是我们结交之始。不久，就从《中国青年报》上读到他的《佤佤山》组诗。我一直想，这样一个朴厚的兄长怎么能写出那么尖新的诗句。这组诗和《西盟的早晨》都收入他的新集《黎明的城》，薄薄的诗集，重重的分量。在这之前他的《边地短歌》一集诗艺已臻成熟，但还能看到某些苏联诗人和外国左翼诗人的影响，至此，他那冷峻与热烈相结合——或索性说是燃烧的情思经过淬火的独特风格开始形成。

　　一九五六年三月，盼望着在全国青年文学创作者会议上见到公刘，失望了。后来模模糊糊听说他在由胡风案件引起的机关内部肃反运动中受到审查，怪不得报刊上也久不见他的新作。这样，当《运杨柳的骆驼》和关于上海的两组八行诗在《人民文学》先后发表时，我和众多的诗歌爱好者为之欢呼。从那时到后来，公刘总是不断给看似热闹实则寂寞的诗歌界带来一些新的礼物，新的刺激，有时是新的题材，有时是新的意象，有时是新的手法……同时，我从这些诗的发表，知道对诗人漫长的审查已经结束，他又可以放开手脚去从事创造性的表达了。

随后一年左右时间里，公刘除了参与电影《阿诗玛》文学脚本的编剧，还写了爱情诗、寓言讽刺诗以及《西湖诗稿》等怀古诗。我没有机会跟他见面，但我以一首《忆西湖》跟他呼应；而在一九五七年初，没等到反右派运动，就撞在了"文艺哨兵"（姚文元）的枪口上，我们的诗同被宣布为"不良倾向"的代表。那时创作的禁区太多，文网太密了。

一九五八年初，我和公刘先后从《诗刊》的点名批判里了解到彼此的消息。一九六三年夏我在太原街头纯属偶然地"邂逅"公刘，说了几句话，等于什么都没说。口欲言而嗫嚅，此情惟过来者知之吧。

又过十五年后，一九七八年，公刘到中国青年出版社修改长诗《尹灵芝》，我们又得见面，并且见了跟公刘相依为命的女儿小麦。当时我和公刘都因流放在内蒙古的柳萌的介绍和推荐，有诗在《草原》上发表。他一复出，就已恢复了雄浑的元气，如《沉思》诸诗，不只篇中有警句，而且全篇称得起"沉郁顿挫"。

在七八十年代之交，公刘的诗如久久深潜的地火冒出地面，火山爆发的岩浆滚滚奔流，他写的《上访者及其家族》《从刑场归来》《车过山海关》等，或写民间疾苦，或评是非功过，呼天抢地，椎心泣血，回肠荡气，振聋发聩，以诗人的全生命、全意识追问历史，震撼读者的灵魂。

公刘才高性傲，致招天妒。一九八〇年五月他在广西南宁因血栓发病，从此他在一生坎坷的后期又被迫与病痛作斗争、争时间。二十年间，他不但写下了以《活的纪念碑》《重轭浮生》为代表的人生实录，以《纸上声》两卷为代表的沉甸甸的血性文章，还有《南船北马》等多卷诗作，纪行旅，抒愤懑，感时横议，以文为诗又以诗代文，诵之作深沉的铜声。其后有些篇章，如写西部的组诗，我在香港《大公报》上读到，内地似未见刊登，也没有结集。

一九九三年，在青岛为文化名人故居挂牌的活动中，我和公刘躬逢其盛，谈笑同游。随后在湘西凤凰沈从文故居又见公刘的长篇题词，以颜体书之，笔力充沛，神完气足，怎么也想不到两年后去合肥，竟只能于医院之中探访。往后几年，缠绵病榻，痛苦不堪，幸有小麦陪护左右。使我想起唐人说到初唐四杰之一——杨炯的几句话："杳杳深谷，森森乔木，天与之才，或鲜其禄。"一代诗人，不世出之才，生于忧患，死于忧患，让后死者情何以堪！

听到公刘噩耗两天以来，心里翻腾着对他的记忆。一九七八年以前我只见过他两面，九十年代后过从也不多，只有一九七八年后的十来年里接触多些，而分处南北，也很有限。但公刘的音容笑貌，又时时如在眼前，细想其实多得于他的诗文，提到某个年代就想起他的某些诗篇。公刘啸傲歌哭于他的诗作之中，他的诗作长存于我的记忆之中。

2003 年 1 月 9 日

曾卓：永远的友人与爱人

——纪念曾卓逝世十周年

曾卓有多重身份，不同时期的社会身份竟有上天入地的变化。而人们谈论他的诗，往往从他命运起伏的政治背景来看，几乎已成定势。

这多半是由于他在"文革"后复出时，他一九七〇年写的《悬崖边的树》一纸风行的缘故。这首"文革"期间的诗，是他终生的挚友邹获帆拿到《诗刊》，于一九七九年九月号刊出的。当时在诗刊社任职的诗人柯岩在准备于即将召开的第四次作家代表大会上发言，委托正在编辑部帮忙的诗人梁南为她找几首有代表性的诗作，梁南特别推荐了曾卓此诗。柯岩在大会发言中对这首诗作了很好的阐述。于是，被不知是"什么奇异的风"吹到临近深谷的悬崖边的这棵树，"它似乎即将倾跌进深谷里 / 却又像是要展翅飞翔……"作为一个典型意象，便广为人知，被人们记住并传诵。

在这首诗里，诗人的命运还是一个悬念，"悬崖边的树"正在欲跌未跌、欲飞未飞之际，这是诗的张力所在，也含蓄地表明了"寂寞而又

倔强"的诗人的某种迷惘——不能掌握自己命运的无奈。而在同一年
（一九七〇）"在单人'牛棚'中"写的另一首诗《无题》就完全不同：

> 我不是拿破仑
> 却也有我的厄尔巴——
> 一座小小的板壁房就是我的孤岛
> 外面：人的喧嚣，海的波涛
>
> 我渴望冲破黑夜
> 在浓雾中扬帆远出
> 去将我的"百日"寻找
> 我倒下了，但动摇了一个封建王朝

这已经是一首"怒诗"，是曾卓作品中少见的剑拔弩张之作。可以
看作他一九四六年写的《铁栏与火》的回声——那首以"虎在笼中旋转……
铁栏锁着/火！"为起迄的诗，在另一种社会形态下喊出了对自由的渴
望。而这首《无题》如果被新的当权者查获，则是要按触犯"公安六条"
处以重罪的。在严酷的"一打三反"运动前后敢于这样书写，从政治上
考察，既显示了诗人的天真，也符合温和派变成激进派的一般规律吧。

终曾卓的一生，本质上是个诗人的存在。作为革命者、地下党员，
只是政治的附加，作为囚徒，则不过是时代的宿命。他四十年代虽亦
屡经风险，而并未被捕过，但他写的《不是囚徒》，却成为五十—六十
乃至七十年代的预言或谶语：

> 不是囚徒，
> 而我的头上呼啸着皮鞭，

我的脚上锁着无形的铁链，

到处都有盯着我的黑色的眼……

但灵魂是能禁锢的吗？

梦想是能监视的吗？

我磨我的短剑，写我的诗篇。

　　说曾卓属于诗人气质，从表层说，是指浪漫的，感性的，如"我磨我的短剑"这样应该"打折扣"的"豪语"，其实不过是对"我的诗篇"作用的夸张；其诗人气质，更直截了当说，那就是某种个人主义的，自由主义的叛逆色彩，用诗人自己的说法："我骄傲：我站在光辉的旗帜下。/ 我惭愧：我是一个吊儿郎当的士兵。"（《凝望》，　一九五七）他早年的参加革命，乃是出于理想的驱策，"怀着 / 十九岁少女期待爱情的心"，"追寻一块乐土"——如巴比塞说的"圣经不曾记载的地方"（《流浪人》，一九四三）。在那里，寄托着对光明的希望，对自由的渴求，对明天的憧憬，对土地的眷恋——"对这一切的 / 不能遏止的深深的爱"（《爱》，一九四二）。

　　作为诗人的曾卓，从日本入侵后一开始写诗，就以人性的、爱的眼光凝视着他离家流浪途中所见的种种令人悲悯的惨象，路边熟睡的伤兵，墙角饿死的女孩，倒在夜来风雨中的疯妇……他不时想起忍痛告别的母亲（后来也在逃难的路上病倒而不知所终），他不能不对亲人和非亲人同样心怀哀痛。然后是内战，"从受难的大地上抓起的 / 这一撮土"，"那每一粒细沙的上面 / 都沾染着诗人的眼泪和战士的血"（《一撮土》，一九四六）。

　　然而，通观曾卓早期的诗，包括他踯躅在四川、贵州边远小城镇，面对着民间的苦难，他突出地感到了寂寞和孤独。他如实地写下了他不能忍受寂寞和孤独的内心。一九四二年在黄桷树，他写《断弦的琴》，为了跟上"时代的洪流"，不愿让生命"搁浅于爱情的沙滩"，"我知道要来的 / 是怎样难忍的痛苦 / 但我仍以手 / 扼窒爱情的呼吸"。他纠结在自省的矛盾之间：

> 曾试饮一口爱情的酒
>
> ——狂喜着在沙漠上掘到了清泉
>
> 皱眉苦眼连酒杯一同扔开，摔碎
>
> 在苦痛中高笑着，在笑声中
>
> 又流泪，为了别人的泪
>
> 正直的言语，诚恳的诗篇
>
> 健康不健康的我们的心？
>
> 让我先拷问自己
>
> 以拷问世界的长鞭
>
> （《别前》，一九四三）

如果说，曾卓一九三九年写的《别》是他的第一首情诗，那只是十七岁惨绿少年的一种萌芽的朦胧的爱情，一个开朗的女同学和他谈得来，约定一起去延安，出发前泄密，不能成行，小诗人逃了自习课，到江边送那人先去成都，明知此去难得再见，却还"摇着手互说一声'再会'，愿一路顺风随你吹"。

曾卓在《江湖》（一九四四）一诗中，动情地写下了另一次送别，却不是给女友，而是给两位亲如手足的同志：

> 而今你们又要走了，要将一切都带走了
>
> 我一个人还在这座灰色的城市中游荡

> "我也走"，我说，却又没有载我的
> 破旧的马车，送我去想去的地方

这最后两句，使我想起了米莱的断句：

> 没有我不肯坐的火车
> 也不管它往哪儿开

这是曾卓极其喜爱的两句诗，后来他在炼狱中写《给少年们的诗》一组二十七首中，有一首《火车，火车，带我走吧》就是由此生发开来的；而又后来，直到他逝世之前不久，呼应这两句诗，写下的应该就是曾卓自己的绝笔了。

联想曾卓生在内地而从小向往大海，晚年更以老水手自居，从年轻时就又向往乘上火车，去想去的地方，不管有多遥远……这真是一个不安分的人，"不能忍受寂寞的人"，也是永远在路上的人。而在路上，"我记起了我遗失的箱子 / 看不见的，锁满友情的箱子"（《别前》）。幸亏他同时把友情和爱情也都锁进了诗里，至今、往后都不会遗失了。

在他持续写诗的第一段时期，他留下艺术上最圆熟而完整的一首情诗，只有十六行，是写于一九四五年沙坪坝的《雨天》：

> 我要去看你，林薇
> 在这个雨天，打一把伞
> 我要去看你，林薇
> 穿过林荫路，走过泥潭
>
> 我要去邀你出来，林薇
> 两人挤在一把小伞的下面

我要去邀你出来，林薇
　　将你的左手握在我的右手中间

　　我们不要轻声说话，林薇
　　听微雨轻轻地敲着小小的伞
　　我们不要轻声说话，林薇
　　我的身上流着你的温暖

　　我们去站在一棵大树下面，林薇
　　看黄昏的风中夹着细雨
　　我们去站在一棵大树下面，林薇
　　快乐的当中夹着忧郁

　　我不知道此诗的本事，但凭直觉我猜它出于想象，不是纪实，不过这不重要。诗的节律和韵味，在于仿佛喁喁细语的雨点敲打在小小的伞上，伴着年轻情人心中絮叨的切切私语，意境全出。

　　我们在曾卓的诗中再度读到一组题为《有赠》的情诗，已经写于曾经"水深波浪阔"的五十—六十年代，诗人先后写下了从《是谁呢》到《无言的歌》等诗八首。都是真实的情境、真实的心情的存照，诗人对之倾诉的，就是"我轻轻地呼唤着雪，雪，雪……/ 呵，我是在轻轻地呼唤着一个名字"（《雪》，一九六〇）那唯一的人。

　　我记得在一九八四年秋，我和诗人去黑龙江旅行途中，有一次听他背诵其中的《有赠》这首诗，感情凝重而语调平易，但随着一行一行的叙述，我不觉已泪流满面。让我在这里把这首诗重抄一遍，重温诗人在不通音讯暌隔六年、苦苦相思六年之后，有如列宾名画《意外归来》那样悲欣交集的重逢：

我是从感情的沙漠上来的旅客，
我饥渴、劳累、困顿。
我远远地就看到你窗前的光亮，
它在招引我——我的生命的灯。

我轻轻地叩门，如同心跳。
你为我开门。
你默默地凝望着我
（那闪耀着的是泪光么？）

你为我引路，掌着灯。
我怀着不安的心情走进你洁净的小屋，
我赤着脚走得很慢，很轻，
但每一步还是留下了灰土和血印。

你让我在舒适的靠椅上坐下，
你微现慌张地为我倒茶、送水。
我眯着眼，因为不能习惯光亮
也不能习惯你母亲般温暖的眼睛。

我的行囊很小，
但我背负着的东西却很重，很重，
你看我头发斑白了，背脊伛偻了，
虽然我还年轻。

一捧水就可以解救我的口渴，
一口酒就使我醉了，

一点温暖就使我全身灼热，

那么，我能有力量承担你如此的好意和温存么？

我全身战栗，当你的手轻轻地握着我的。

我忍不住啜泣，当你的眼泪滴在我的手背。

你愿这样握着我的手走向人生的长途么？

你敢这样握着我的手穿过蔑视的人群么？

在一瞬间闪过了我的一生，

这神圣的时刻是结束也是开始。

一切过去的已经过去，终于过去了，

你给了我力量、勇气和信心。

你的含泪微笑着的眼睛是一座炼狱。

你的晶莹的泪光焚冶着我的灵魂。

我将在彩云般的烈焰中飞腾，

口中喷出痛苦而又欢乐的歌声。

　　这是如聂绀弩一样的"喷血成诗"，且成诗的时间段是十分相近的。但我为曾卓背诵这首诗而感动，绝不仅因为我是那同一时期，有类似际遇的过来人。正如我们生在二十世纪中国，却对十九世纪俄罗斯列宾那幅题为《意外归来》的名画深深感动，是缘于普遍人性中最柔软的那份储存。我在一九五九年夏的一个风雨之夜，也曾写过："而我将做一个不速之客／突然在你的意外归来。""罪人"、政治犯、流放者的心都是相通的。我敢说，我们沉淀着血泪的这些诗行，比李商隐"何当共剪西窗烛，却话巴山夜雨时"的意境忧愤深广（义山诗自有其别样的艺术价值，而且他诗的成就远远不止这一首千年传诵的名篇）。

如果说，曾卓的《雨天》，还有着戴望舒、金克木那些最优秀的抒情诗的情韵，到了历经时代沧桑之后的《有赠》，则是极大的突破。曾有人把一些关于友情和爱情的抒情诗叫作"轻诗歌"（意谓它像悦耳的"轻音乐"一样赏心悦目吧），而曾卓的《有赠》诸篇，则是狭义的爱情诗也是广义的抒情诗的"重中之重"了。

在这里我还要提到他写给女儿萌萌的诗《最老的朋友的关切和祝福》，也是深情无限。由于篇幅关系，不具引。

至此，我们可以说，作为诗人的曾卓，作为他那些关于友情与爱情的抒情诗的作者，他的永远的、终身的身份，就是友人和爱人。他满怀着对友情和爱情的渴望和追求，从寂寞和孤独中起飞，飞越革命时代的历史风雨，高飞过，也跌落过。在他跌落幽谷的日子，他怀念的友人和爱人，也在怀念着、关切着他。最终他从风雨如晦中，飞到了如他一九四三年三月《抒情两章》所写的，在贵州经过一个严寒的冬季，漫长的阴天和大雪，迎来第一个有太阳的早晨，一眼望去是春天的蓝色的晴空，遂大喜悦，他真正回到了他深深爱着、也爱着他的友人和爱人身边。

在今天，二〇一一年，我们还能听到，诗人近六十年前在贵州叫作海子街的地方，面对蓝天写下的这样几句：

> 再让我静坐下来，撑住腮
> 像哲学家那样困惑地思考：
> 怎么能够容许污秽、贪婪、残暴……
> 蔓延、生长在你无瑕的胸膛下呢
> ——春天的，蓝色的晴空啊！

2011 年 10 月 18 日

编后记

与读者为邻

受邵燕祥先生家人委托，有幸为先生选编这部散文集《与昨天为邻》，书名取自邵先生一篇散文的标题。邵先生虽已离世，他以文字所能创造的精神之境，思想所到达的深度与广度，和他富有人性、但锐利、且意味深长的文学展现的强劲艺术魔力，尽在四下、周围，与读者为邻。

邵燕祥先生是中国当代卓越的诗人、作家、文艺批评家。从为文到为人，一直为晚辈的我敬重、珍惜。如林贤治先生的代序所言："在上个世纪五十年代，他已经是一名全国知名的青年诗人了，直到八十年代初，仍然以诗人的身份为大家所熟知。及至八十年代中后期，他开始转入随笔写作，人们习惯地称为杂文，从此一发而不可收。""一个诗人，在想象与叙事之间，他选择了叙事；一个作家，在文学与历史之间，他选择了历史。"邵燕祥先生的文学之路、精神和思想之旅，不同时期具有对于历史和现实不同程度的介入，显示出切实的观察，深刻的解析和反思，在艰难时世中，由内而外不断深化自己的精神维度并加筑信念，坚守和延续文学艺术出源于人最根本的质性和立足之义，穿越社会这驾奔赴着的马车循环往复的客观与主观、偶然与必然、因果关联密不可分的重重真实形态。邵燕祥先生阅读、思考、记录、创造性地表达，直至生命终点。

这部散文集，分三辑。第一辑，侧重作者童年、少年、青年的成长经历，映照家事国事、家人国人、个体整体的关系和境遇；第二辑，作者就文学创作、思想认知和人生经验所作的诚实交付；第三辑，记述与作者有深厚交集的中国现当代文化人物的非常阅历与多舛命途。

聊感欣慰的是，征得林贤治先生同意，将他发表于《随笔》双月刊二〇二三年第二期的《纪念邵燕祥先生》，作为这部散文集代序一；征得家人同意，将邵燕祥先生的夫人谢文秀老师著述的《孩子》作为代序二。在邵燕祥先生逝世四年后，林贤治先生、谢文秀老师，能与邵燕祥先生以这种方式相聚合作，实不失为一次难得的缅怀与纪念。

感谢邵燕祥先生的家人，特别是邵先生女儿谢田女士的大力支持、协助。感谢北京联合出版公司为这项散文出版计划所做的诚挚努力。

冯秋子

2024 年 3 月 30 日